낭송Q시리즈 남주작 03
낭송 삼국지

발행일 초판1쇄 2014년 12월 22일(甲午年 丙子月 丁卯日 冬至) │
지은이 나관중·모종강 │ **풀어 읽은이** 최정옥 │ **펴낸곳** 북드라망 │ **펴낸이** 김현경 │
주소 서울시 중구 청파로 464, 101-2206(중림동, 브라운스톤서울) │ **전화** 02-739-9918 │
이메일 bookdramang@gmail.com

ISBN 978-89-97969-48-7 04820 978-89-97969-37-1 (세트) │ 이 도서의 국립중앙도서
관 출판시도서목록(CIP)은 서지정보유통지원시스템 홈페이지(http://seoji.nl.go.kr)
와 국가자료공동목록시스템(http://www.nl.go.kr/kolisnet)에서 이용하실 수 있습니
다.(CIP제어번호: CIP2014035075) │ 이 책은 저작권자와 북드라망의 독점계약에 의해
출간되었으므로 무단전재와 무단복제를 금합니다. 잘못 만들어진 책은 서점에서 바꿔
드립니다.

책으로 여는 지혜의 인드라망, 북드라망 **www.bookdramang.com**

낭송
Q
시리즈

남주작
03

낭송
삼국지

나관중,
모종강
지음

최정옥
풀어
읽음

고미숙
기획

티

▶낭송Q시리즈 『낭송 삼국지』 사용설명서◀

1. '낭송Q'시리즈의 '낭송Q'는 '낭송의 달인 호모 큐라스'의 약자입니다. '큐라스'(curas)는 '케어'(care)의 어원인 라틴어로 배려, 보살핌, 관리, 집필, 치유 등의 뜻이 있습니다. '호모 큐라스'는 고전평론가 고미숙이 만든 조어로, 자기배려를 하는 사람, 즉 자신의 욕망과 호흡의 불균형을 조절하는 능력을 지닌 사람을 뜻하며, 낭송의 달인이 호모 큐라스인 까닭은 고전을 낭송함으로써 내 몸과 우주가 감응하게 하는 것이야말로 최고의 양생법이자, 자기배려이기 때문입니다(낭송의 인문학적 배경에 대해 더 궁금하신 분들은 고미숙이 쓴 『낭송의 달인 호모 큐라스』를 참고해 주십시오).

2. 낭송Q시리즈는 '낭송'을 위한 책입니다. 따라서 이 책은 꼭 소리 내어 읽어 주시고, 나아가 짧은 구절이라도 암송해 보실 때 더욱 빛을 발합니다. 머리와 입이 하나가 되어 책이 없어도 내 몸 안에서 소리가 흘러나오는 것, 그것이 바로 낭송입니다. 이를 위해 낭송Q시리즈의 책들은 모두 수십 개의 짧은 장들로 이루어져 있습니다. 암송에 도전해 볼 수 있는 분량들로 나누어 각 고전의 맛을 머리로, 몸으로 느낄 수 있도록 각 책의 '풀어 읽은이'들이 고심했습니다.

3. 낭송Q시리즈 아래로는 동청룡, 남주작, 서백호, 북현무라는 작은 묶음이 있습니다. 이 이름들은 동양 별자리 28수(宿)에서 빌려 온 것으로 각각 사계절과 음양오행의 기운을 품은 고전들을 배치했습니다. 또 각 별자리의 서두에는 판소리계 소설을, 마무리에는 『동의보감』을 네 편으로 나누어 하나씩 넣었고, 그 사이에는 유교와 불교의 경전, 그리고 동아시아 최고의 명문장들을 배열했습니다. 낭송Q시리즈를 통해 우리 안의 사계를 일깨우고, 유(儒)·불(佛)·도(道) 삼교회통의 비전을 구현하고자 한 까닭입니다. 아래의 설명을 참조하셔서 먼저 낭송해 볼 고전을 골라 보시기 바랍니다.

▷ 동청룡: 『낭송 춘향전』, 『낭송 논어/맹자』, 『낭송 아함경』, 『낭송 열자』, 『낭송 열하일기』, 『낭송 전습록』, 『낭송 동의보감 내경편』으로 구성되어 있습니다. 동쪽은 오행상으로 목(木)의 기운에 해당하며, 목은 색으로는 푸른색, 계절상으로는 봄에 해당합니다. 하여 푸른 봄, 청춘(靑春)의 기운이 가득한 작품들을 선별했습니다. 또한 목은 새로운 시작을 의미하기도 합

니다. 청춘의 열정으로 새로운 비전을 탐구하고 싶다면 동청룡의 고전과
만나 보세요.

▷ 남주작 : 『낭송 변강쇠가/적벽가』『낭송 금강경 외』『낭송 삼국지』
『낭송 장자』『낭송 주자어류』『낭송 홍루몽』『낭송 동의보감 외형편』으로
구성되어 있습니다. 남쪽은 오행상 화(火)의 기운에 속합니다. 화는 색으
로는 붉은색, 계절상으로는 여름입니다. 하여, 화기의 특징은 발산력과 표
현력입니다. 자신감이 부족해지거나 자꾸 움츠러들 때 남주작의 고전들
을 큰소리로 낭송해 보세요.

▷ 서백호 : 『낭송 흥보전』『낭송 서유기』『낭송 선어록』『낭송 손자병
법/오기병법』『낭송 이옥』『낭송 한비자』『낭송 동의보감 잡병편 (1)』로
구성되어 있습니다. 서쪽은 오행상 금(金)의 기운에 속합니다. 금은 색으
로는 흰색, 계절상으로는 가을입니다. 가을은 심판의 계절. 열매를 맺기
위해 불필요한 것들을 모두 떨궈 내는 기운이 가득한 때입니다. 그러니
생활이 늘 산만하고 분주한 분들에게 제격입니다. 서백호 고전들의 울림
이 냉철한 결단력을 만들어 줄 테니까요.

▷ 북현무 : 『낭송 토끼전/심청전』『낭송 노자』『낭송 대승기신론』『낭
송 동의수세보원』『낭송 사기열전』『낭송 18세기 소품문』『낭송 동의보
감 잡병편 (2)』로 구성되어 있습니다. 북쪽은 오행상 수(水)의 기운에 속합
니다. 수는 색으로는 검은색, 계절상으로는 겨울입니다. 수는 우리 몸에서
신장의 기운과 통합니다. 신장이 튼튼하면 청력이 좋고 유머감각이 탁월
합니다. 하여 수는 지혜와 상상력, 예지력과도 연결됩니다. 물처럼 '유동
하는 지성'을 갖추고 싶다면 북현무의 고전들과 함께해야 합니다.

4. 이 책 『낭송 삼국지』는 타이완 원지(元智)대학의 '網路展書讀' 사이트
(cls.hs.yzu.edu.tw)에 실린 『삼국지연의』 '모본'(毛本)을 저본으로 풀어
읽은 발췌편역서입니다. '모본'이란 중국 원나라 말 명나라 초에 나관중
(羅貫中)이 지은 것을 청나라 때 모종강(毛宗崗)이 편집하여 완성한 것으로
알려진 『삼국지연의』를 말합니다.

차 례

3. 별별 재주와 사건 85

6. 별이 지다 177

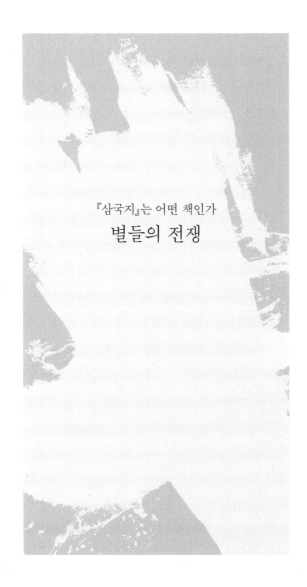

『삼국지』는 어떤 책인가

별들의 전쟁

역사와 소설 사이

'삼국지' 하면 떠오르는 것이 둘 있다. 하나는 진晉나라 때 학자 진수陳壽가 편찬한 '정사'正史『삼국지』, 다른 하나는 소설『삼국지』다. 우리에게 익히 알려진 것은 두말할 것도 없이 후자쪽『삼국지』다. 원래 명칭은『삼국지연의』三國志演義. 총120회 구성의 장편소설이다.

1시간짜리 일일연속극으로 방영한다 해도 대여섯 달 동안 이어질 이 장편드라마의 배경은, 후한後漢 말기 황건적의 난(184년)에서 촉한蜀漢·오吳·위魏나라의 삼국 정립, 나아가 위나라의 통일과 그를 뒤집고 진晉나라가 건국(265년)되기까지의 혼란한 중국이다. 나오는 배우들을 보자면 주연급에 해당하는 유비劉備, 관우關羽, 장비張飛, 제갈량諸葛亮은 물론이고 주조연급의 조자룡趙子龍, 조조曹操, 손권孫權, 주유周瑜, 동탁董卓, 여포呂布, 황충黃忠, 장료張遼, 순욱荀彧, 조비曹丕, 노숙魯肅, 방통龐統, 서서徐庶 등등 주요 인물만도 일일이 다 꼽을 수 없을 정도다. 물론 이들은 실제 역사 속 인물이긴 하지만, 소설에 최적화된 인물, 다시 말해 소설화된 인물이다.

오늘날 대중적으로 보고 있는 『삼국지연의』는 원말元末 명초明初 나관중羅貫中이 정리한 판본을 청대의 모종강毛宗崗이 재편집하여 간행한 '모본'毛本이다. 물론 나관중 이전에도 후한 말에서 삼국 시대의 혼란기를 누비는 영웅들에 대한 야담이나 설화는 오래전부터 있어 왔다. 이 야담이 책으로 간행된 것 중 하나가 원나라 때 편찬된 『전상삼국지평화』全相三國志平話인데, 나관중은 이 책에서 극단적인 황당무계한 내용이나 역사 연대를 무시한 전개 등을 최대한 배제하고, 진수가 쓴 정사 『삼국지』의 요소를 받아들여 역사적 사실을 적재적소에 가미해 정사에 접근하는 식으로 다시 쓰기를 하였다.

모종강은 청나라의 전성기라 할 강희제 때의 문인으로 나관중 본이나 이탁오 본 등 여러 판본을 가지고 개찬하여 오늘날 가장 널리 알려지고, 사실상 대중적으로 유일하게 남은 판본인 모본을 만들었다. 모본은 이렇게 시작한다.

천하대세란 나뉘어 오래되면 반드시 합쳐지고, 합쳐진 지 오래되면 또 반드시 나눠지는 법이다. (『삼국지연의』, 제1회)

이 구절은 역사란 난세와 치세가 서로 교대하며 흐른다는 기본 구상을 깔고 있다(이 구절은 마지막 120회의 끝부분에도 다시 나온다). 카오스와 코스모스처럼, 혼란은 질서를 기다리는 무질서 상태로 그려진다. 이렇게 보면, 난세는 통일을 위해 존재하는 것으로, 혼란 상황은 잠시잠깐 존재하는 비정상적인 상황일 따름이다. 그리고 이들에 의하면 난세란 인의仁義가 아닌 무력으로 정권을 잡은 왕조가 지배하는 시기이기도 한 것이다. 이들은 통일을 바라지만 그 통일이란 무력으로 인한 것이 아니라 어디까지나 인의로 인한 것이어야 한다.

이런 입장에 서면, 작품은 '유비를 숭상하고 조조를 폄하'[尊劉貶曹]하는 경향으로 향할 수밖에 없다. 이렇게 역사는 소설로 '리라이팅'된 것이다. 이 결과, 작중 조조는 더없이 간사한 자로, 유비는 누구보다도 '현덕'한 자로 표현된다. 가령 유비와 조조가 인재에 대해서 자기를 낮추면서까지 존중한다는 사실은 유명하다. 하지만 소설 속에서 유비는 제갈량을 얻기 위해서 그의 초가집을 세 번 찾았다는 '삼고초려'三顧草廬의 미담으로 얘기되지만, 조조는 자신의 재주를 자랑질하거나 자신의 의견에 대립하는 자를 가차없이 죽이는 모습을 보임으로써 인자함 대신에 간사함의 대명사가 되고 만다(자신의 마음을 너무나 잘 꿰뚫어 본 양수를 죽인 것이나 뛰어난 인재이나 독설가인 예형을 죽게 만드는 경우 등).

관우와 장비도 마찬가지다. '도원결의'桃園結義로 상징되는 이들 형제는 의리의 아이콘으로 그려진다. 처음부터 끝까지 이들은 의리의 화신이다. 그런데 의리는 이들을 죽음으로 내몬 것이기도 했다. 관우가 어떠한 정치적인 상황인지도 모르는 채 '의리'만을 외곬으로 외쳐서 손권의 손에 죽었듯이, 장비와 현덕도 의형제에게 갖는 의리 하나로 스스로의 무덤을 팠다. 그 결과 국운國運도 기울었다. 이들은 '꺾일지언정 결코 굽히지 않는다'라는 말을 삶으로 외치고 있다.

그런데 바로 이런 유비, 관우, 장비의 모습 뒤에서 역으로 우리는 개인의 이익을 좇아 배신을 밥 먹듯 하는 암울한 현실을 볼 수 있다. 아마도 이는 나관중과 모종강이 봤던 그들 시대의 현실이기도 할 것이며, 나아가 각 시대마다 『삼국지연의』에 환호했던 독자들의 바람이 녹아들어 있다고도 할 수 있다.

빛나지 않는 별은 없다

『삼국지연의』는 별들의 전쟁이 벌어지는 장소이다. 모든 등장인물이 겹침 없이 독특한 캐릭터를 가지고 빛난다는 점에서 그렇다. 절로 고개가 숙여지는 고귀함을 가진 인물, 거친 시대 상황 속에서도 바래지 않는 빛나는 덕성을 가진 인물, 난세를 종식할 희망을 품게 만드는 무공과 지혜를 가진 별들이 각자의 자리에서 빛나고 있다. 빛이 있으면 그림자도 있는 법. 고귀함과 덕성, 무공과 지혜는 비천함, 악덕, 유약함, 어리석음과 대조되고 그러한 그림자를 배경으로 별들은 더욱 밝게 『삼국지연의』의 세계를 비춘다. 『삼국지연의』가 유비, 조조, 손권 그리고 관우, 장비 등 그들의 유명하고 인기 있는 부하장수 몇 명으로만 이루어진, 빛나는 사람들의 빛나기만 하는 이야기였다면 지금 우리가 이 책을 읽어야 할 필요는 없었을 것이다. 전경前景과 배경背景이 서로 돕는 형세를 취하는 가운데, 그 속에서 버려야 할 캐릭터가 드문 소설, 빛나는 것과 어두운 것이 상보하며 난세의 인물들을 리얼하게 조명하는 작품, 『삼국지연의』는 그렇게 별들이 다투는 소설이 되었다.

별들이 다툰다, 어떻게? 장판교에서 장비가 조조의 대군을 혼자서 물리치는 장면은 『삼국지연의』에서의 전쟁이 비단 칼과 칼이 부딪히고 피가 난무하는 살인의 능숙함을 겨루는 것만은 아니라는 점을 압축적으로 보여 준다. 별들이 싸우는 방법이랄까. 장비는 자신의 장팔사모를 휘둘러 조조군과 무공 대결을 벌이지 않는다. 무공을 연마하며 더욱 강해진 기운; 전쟁을 겪으며 단련된 신체, 거기에서 뿜어져 나오는 에너지를 보임으로써 조조군을 쫓아버린다. "연나라 사람 장익덕이 여기 있다! 누가 감히 나와 결사의 일전을 벌여 보겠느냐?!"라는 장비의 일갈에는 난세를 온몸으로 겪으며 살아온 장수의 자신감과 백성을 자신의 '목적'을 이루는 도구처럼 다루는 조조에 대한 분노가 함께 섞여 있는 것이었다. 장비의 분노에 찬 일갈에 혼비백산하여 도망가는 조조와 그의 군대는 장판교에 홀로 선 장비와 극적인 대조를 이룬다. 장비가 그런 식으로 조조를 쫓아 버릴 수 있었던 이유는 그가 혼자서도 모든 조조군을 상대할 수 있는 무공이 있었기 때문일까? 아니다. 그 장면에서의 '정의'가 장비에게 있었기 때문이고, 다리 하나를 사이에 두고 다수의 조조군보다 혼자인 장비가 걸었던 '각오'의 무게가 더 무거웠기 때문이다. 그렇다면 도망치는 영웅 조조는 어떠한가? 추한 꼴로 도망치는 조조는 이때의 치욕을 발판으로 절치부심한다. 『삼국지연의』는 그렇게 빛나는 것과 어두운 것이 대조되며 신행되는 드라마이다. 굳이 말하자면 캐릭터들이 서로의 스타성을 겨루는 무대라고나 할까? ^^

그렇다면, 이제 우리의 이야기로 돌아와 보자. 우리는 얼마나 많은 용기와 각오를 마음속에 품고 살며 그와는 반대로 또 얼마나 많은 치욕과 수치를 겪으며 살아가는가? 그런 점에서 보자면 『삼국지연의』 속에 인생이 있다는 말은 수사가 아니다. 인생이라는 무대에서 스스로 빛나는 별이 되기 위해 절치부심하는 조조가 있는가 하면, 매번 모든 것을 던져 자신의 존재를 지켜 나가는 장비가 우리에게 있다. 『삼국지연의』의 인물들 모두가 사실상 우리 마음속에 있는 '나'의 다양한 면모들을 보여 주는 것이 아닐까. 그렇다면 '영웅' 역시 다른 곳에 따로 있는 것이 아니라 우리 각자의 마음 귀퉁이에서 빛날 준비를 하며 기다리고 있는 게 아닐까. 마침 적절하게도 (『삼국지연의』의 시대만큼은 아니지만) 우리의 시대,

우리의 마음 역시 (꽤나 복잡하다는 의미에서) 난세가 아니던가. 『삼국지연의』의 인물들을 참고자료 삼아 스스로의 마음을 구원하는 영웅이 되어 보는 건 어떨까.

본 낭송집은 대략적으로 『삼국지연의』의 순서를 따르면서 인기스타인 유비, 관우, 장비, 제갈량 외에도 조조와 여포, 그리고 양수와 좌자 같은 이른바 '신 스틸러'들과 관련된 에피소드를 넣음으로써 비록 한정된 분량이지만 좀더 다양한 인물들을 만나 볼 수 있도록 했다. 독자들이 줄거리를 쫓아가되, 그 속에서 한순간 '별'같이 빛난 영웅들의 등장과 만남, 그리고 그들의 죽음에 감정이입하면서 읽어 주기를 바란다. 그렇게 낭송하는 동안 자신이 직접 장비가 되고 제갈량이 되어 보면서 흥미를 느낀 독자들이 120회에 달하는 『삼국지연의』 전권 읽기에 도전해 준다면 더없이 기쁘겠다.

낭송Q시리즈 남주작
낭송 삼국지

1부
별들의 등장

1-1.
성은 유요, 이름은 비요, 자는 현덕

탁현涿縣 땅에서 영웅이 나오게 된다. 이 사람은 글 읽
기를 크게 좋아하는 편은 아니고 천성이 너그러우며
말도 별로 없어 기쁨과 노여움을 얼굴에 잘 드러내지
않았다. 본디 큰 뜻이 있어 오로지 천하의 호걸들과
사귀는 것이 소원이었다. 그는 키가 7척 5촌으로, 두
손은 무릎 밑까지 내려왔고, 두 귀는 어깨까지 닿을
만큼 길어 눈으로 자신의 귀를 볼 수 있을 정도였다.
얼굴은 관옥 같았고 입술은 연지를 바른 듯 붉었다.
이 사람은 누구인가? 그는 곧 중산정왕中山靖王 유승劉
勝의 후예이자 한나라 경제景帝의 현손玄孫: 증손자의 아들
이다. 성은 유劉요, 이름은 비備요, 자는 현덕玄德이다.
옛날에 유승의 아들 유정劉貞이 한 무제武帝 때 탁록
정후涿鹿亭侯로 임명되었다가 뇌물을 받은 사건으로

그 자리에서 물러났다. 그래서 탁현涿縣 땅에 그 자손이 살고 있었던 것이다. 현덕의 아버지 유홍劉弘은 효렴孝廉*으로 발탁되었지만 일찍 죽었다. 어려서 아버지를 여읜 현덕은 어머니를 지성으로 모셨다. 하지만 집안이 워낙 가난하여 미투리를 삼고 돗자리를 짜서 시장에 내다 파는 것으로 생계를 삼았다.

현덕의 집은 탁현의 누상촌樓桑村에 있었다. 집 동남쪽에는 키가 다섯 길이 넘는 큰 뽕나무 한 그루가 있었는데, 멀리서 보면 나무 그늘이 마치 천자가 타는 수레의 덮개 같았다.

언제인가 관상쟁이가 이런 예언을 한 적이 있었다.

"이 집에서 반드시 귀인이 태어날 것이오."

현덕도 어린 시절에 마을 아이들과 그 뽕나무 아래서 놀다가 이런 말을 한 적이 있다.

"내가 천자가 되면 이런 덮개가 있는 수레를 탈 거야."

이때 족숙族叔인 유원기劉元起가 지나가다가 그 말을 듣고 감탄했다고 한다.

"이 아이는 보통 인물이 아니로다."

---

* 중국 전한 시대 때에 치르던 관리 임용 과목. 또는 그 과(科)에 뽑힌 사람. 무제가 군국에서 매년 부모에 효도하고 형제간에 우애 있는 사람과 청렴한 사람을 각각 한 사람씩 천거하게 한 데서 비롯하였다.

1-2.
도원결의, 같은 해 같은 달 같은 날에
죽기를 맹세하네

현덕은 황건적을 토벌한다는 격문을 보고 분개하여 길게 탄식한다. 한숨이 채 끝나기도 전에 뒤에서 우렁찬 목소리가 난다.

"사내대장부가 나라를 위해 힘을 다할 생각은 하지 않고 무슨 까닭으로 장탄식이나 하는가!"

현덕이 돌아보니 그 사람은 키가 8척이요, 표범 같은 머리에 고리눈을 하고, 제비 같은 턱에 범 같은 수염이 달렸으며, 목소리는 우레 같고, 기상은 내달리는 말과 같았다. 현덕이 상대의 범상치 않은 모습을 보고 이름을 물으니, 그 사람이 대답한다.

"성은 장張이요, 이름은 비飛요, 자는 익덕翼德이오. 집안 대대로 탁군涿郡에서 살아 장원과 봉토가 있고, 술 팔고 돼지 잡으며 지내지만 천하의 호걸들과 사귀기를 좋아한다오. 방금 공이 격문을 보면서 한숨을 짓기에 한마디 물어본 것이오."

유비도 자신을 소개한다.

"나는 한나라 황실의 종친으로 성은 유요 이름은 비라 하오. 황건적이 난을 일으켰다는 소식을 지금에야 듣고 도적을 무찔러 백성을 편안하게 하고 싶은 뜻은 간절하나, 힘이 없는지라 길게 한숨을 내쉰 것이오."

장비가 제의한다.

"나에게 적지 않은 재산이 있으니 이것으로 고을 사람들을 모집하여 함께 큰일을 벌이면 어떻겠소?"

현덕은 몹시 기뻐하며, 장비와 함께 마을 주막으로 들어갔다. 두 사람이 한창 술을 마시고 있는데 몸집이 큰 사내 하나가 수레를 한 손으로 밀고 오더니 주막 앞에서 멈춘다. 거한은 주막으로 들어와 자리에 앉자마자 술집 심부름꾼을 부른다.

"술 한 잔 주게. 내 서둘러 마시고 성으로 들어가 군사 모집에 지원할 작정이야."

현덕이 그 사람을 본즉, 키가 9척에다 길게 기른 수염이 2척 길이요, 얼굴은 무르익은 대춧빛이라. 입술은 연지를 칠한 듯 붉었으며, 봉황의 눈에 누에 눈썹을 하고 있었다. 그야말로 용모가 당당하고 위풍이 늠름하여, 현덕은 그를 청하며 이름을 묻는다.

"성은 관關이요, 이름은 우羽라 하오. 자는 수장壽長이
었는데 운장雲長으로 고쳤소. 원래 하동河東 해량解良
사람인데, 고향의 토호 놈이 권세를 믿고 사람을 하
도 깔보기에 그만 죽여 버렸지. 이곳 저곳으로 몸을
피신해 지낸 지 어언 오륙 년이나 되었소. 이번에 들
으니 이곳에서 군사를 모집하여 황건적을 친다기에
달려가는 길이외다."

그 말을 듣고 현덕도 마음에 품은 큰 뜻을 이야기해
주니, 관운장이 크게 기뻐했다. 이윽고 세 사람은 장
비의 장원으로 가서 거사를 상의했다. 분위기가 달아
오르자 장비가 제의하며 말한다.

"이 장원 뒤에 복숭아나무 동산이 있는데 마침 꽃이
흐드러지게 피어 있소. 내일 그 도원에서 하늘과 땅
에 제사를 지내고 의형제를 맺읍시다. 우리가 한마음
으로 협력하면 큰일을 도모할 수 있을 것이오."

현덕과 관운장이 응낙한다.

"그 말이 참 좋소."

이튿날 이들은 도원에 모여 희생으로 쓸 검은 소와
흰 말을 잡고 여러 가지 제물을 차렸다. 세 사람은 향
을 살라 두 번 절하고 엄숙히 맹세한다.

"유비, 관우, 장비는 각기 성은 다르오나 형제의 연

을 맺고자 합니다. 우리는 한마음으로 협력하여 곤경에 빠진 자를 구하고 위기에 처한 이를 도우며, 위로는 나라에 보답하고 아래로는 백성을 편안하게 하고자 하옵니다. 같은 해 같은 달 같은 날에 함께 태어나지 못했지만 오직 같은 해 같은 달 같은 날에 함께 죽기를 바라옵니다. 하늘의 신이시여! 땅의 신이시여! 진실로 이 마음을 살피시어 우리세 사람 중에 누구든 의리를 배신하고 은혜를 잊는자가 있거든 그를 죽여 주소서."

세 사람은 맹세를 마치고 나이에 따라 형과 동생을 정했다. 현덕은 맏형이 되고 관우는 둘째, 장비는 막내아우가 되었다. 제사가 끝나자 다시 소를 잡고 술을 준비하여 마을의 장정들을 불러 모았는데, 잠깐동안에 3백여 명의 젊은이들이 모여들었다. 그들과 함께 복사꽃이 만발한 동산에서 마음껏 술을 마시며 다함께 취했다.

1-3.
분노한 장비, 독우를 매질하다

독우督郵: 군 태수의 소속으로 영내 고을을 돌아다니며 잘잘못을 감찰하는 관리는 고을 아전을 불러 놓고 유현위縣尉가 백성을 괴롭힌 일이 있었는지 이실직고하라고 들볶았다. 현덕은 몇 번이나 역관까지 가서 아전을 풀어 달라고 간청했지만 번번이 문전에서 거절당했다.

이때 장비가 홧김에 술을 몇 잔 마시고 말을 달려 역관 앞을 지나가다가, 역관 앞에서 오륙십 명이나 되는 노인들이 통곡하는 걸 목격하였다. 장비가 우는 까닭을 묻자 노인들이 대답한다.

"독우 나리가 고을 아전을 핍박해 유현위를 해치려고 한다길래 애걸하러 왔습니다만, 문지기는 들여보내기는커녕 도리어 매만 때립니다."

그 말에 장비는 천둥같이 노하여 고리눈을 부릅뜨고

강철 이빨을 부드득 갈았다. 구르듯 말에서 뛰어내려 그 길로 역관 안으로 들어갔다. 문지기 따위가 무슨 힘으로 그를 막을쏜가. 한달음에 후낭으로 뛰어드니, 독우는 대청 위에 버티고 앉았고 아전은 포박당해 땅바닥에 쓰러져 있구나. 장비가 벼락같이 호통친다.

"백성을 해치는 도적놈아, 내가 누군지 아느냐? 어디 맛 좀 보아라!"

독우는 미처 입을 열 겨를도 없이, 장비의 손에 상투를 잡혀 역관에서 질질 끌려 나왔다. 장비는 그를 끌고 아문 앞까지 가더니, 말 매는 말뚝에다 그를 비끄러매고 버들가지를 꺾어 두 다리를 후려갈기기 시작했다. 그러자 버들가지 10여 개가 연거푸 부러졌다.

현덕이 갑갑한 심정을 달래고 있을 때, 아문 쪽에서 떠들썩한 소리가 들린다.

"이게 무슨 소리냐?"

현덕이 좌우 사람에게 묻는데, 한 사람이 바깥에서 뛰어오며 대답한다.

"장장군께서 웬 사람을 아문 앞에 묶어 놓고 호되게 매질을 하신답니다."

현덕이 허둥지둥 나가 보니 결박당한 사람은 바로 독우가 아닌가. 현덕이 깜짝 놀라 묻는다.

"이게 웬일이냐?"

장비가 대꾸한다.

"백성을 갉아먹는 이따위 도적놈을 살려 두어 무얼 하겠소!"

독우가 애걸한다.

"현덕공, 내 목숨을 구해 주시오!"

현덕은 본래 인자한 사람인지라, 급히 장비를 꾸짖어 매질을 멈추라고 한다. 이때 관공이 사람들 사이를 돌아 곁으로 다가오더니 말한다.

"형님께서는 허다한 공을 세우시고도 겨우 현위 자리 하나를 얻으셨는데 이번에는 독우한테 수모마저 당하시는군요. 생각건대 탱자나 가시나무 덤불은 난새나 봉황이 깃들 곳이 아닙니다. 차라리 독우를 죽입시다. 벼슬을 버리고 고향으로 돌아가서 원대한 계획을 따로 세우는 게 좋겠습니다."

그제야 현덕은 머리를 끄덕이고 인수印綬를 끌러 독우의 목에 걸어 준 다음 준열하게 꾸짖는다.

"백성을 못살게 구는 행위를 본다면 죽어 마땅하나 목숨만은 살려주겠다. 나는 인수를 돌려주고 이 길로 떠나겠다."

1-4.
관우, 술이 식기 전 화웅의 목을 베다

"소장이 나가서 화웅^{華雄}의 수급을 베어다가 여기에 대령하리다!"

좌중이 목소리가 나는 쪽으로 눈을 돌려 보니, 군막 앞에 어떤 한 사람이 우뚝 서 있다. 키가 9척이요, 수염 길이는 2척이요, 봉새의 눈에 누에 눈썹을 가진 자였다. 얼굴은 무르익은 대춧빛 같고, 목소리는 거대한 쇠북 소리 같았다. 원소^{袁紹}는 군막 앞으로 나오며 서 있는 자를 보고 묻는다.

"저 장수는 누구요?"

공손찬^{公孫瓚}이 대답한다.

"저 장수는 유현덕의 아우인 관우올시다."

들어 본 적도 없는 이름인지라 원소는 미심쩍은 표정으로 계속 묻는다.

"지금 무슨 벼슬을 맡고 있소?"

"유현덕을 따라다니는 마궁수馬弓手입니다."

윗자리에 있던 원술袁術이 큰소리로 꾸짖는다.

"네놈이 우리 제후들 중에 장수가 없다고 깔보는 것이냐? 일개 궁수 주제에 어찌 감히 그따위 허튼소리를 지껄인단 말이냐! 여봐라, 저놈을 두들겨서 내쫓아라!"

조조가 급히 저지한다.

"원술 대감은 화를 푸시오. 저 사람이 큰소리치는 걸 보니 반드시 그만 한 용기와 책략이 있는 것 같소. 시험 삼아 출전시켜 보았다가 이기지 못하면 그때 가서 책망해도 늦지는 않을 것이오."

원소가 참견한다.

"일개 궁수 따위를 내보냈다간 화웅이란 놈이 우리를 비웃을 것이오."

조조가 다시 한 번 두둔하며 말한다.

"이 사람의 모습이 속되지 않으니 그가 궁수인 줄 화웅이 어찌 알겠소?"

관공이 한마디 한다.

"나가서 이기지 못하면 그때는 내 머리를 베시오."

조조는 따끈한 술 한 잔을 따라서 관공에게 주며, 마시고 말에 오르라고 한다.

"술은 잠시 거기 놓아 두시오. 금방 돌아오겠소."

칼을 들고 장막 밖으로 나간 관공은 몸을 날려 말에 올랐다.

이윽고 관 밖에서 북소리가 진동하고 고함 소리가 크게 일어났다. 천지가 뒤집히고 산악이 무너지는 듯. 모든 제후들이 크게 놀라며 소식을 알아보려는 차, 문득 말방울 소리가 울리며 관운장이 탄 말이 군막 앞에 이르렀다. 관운장은 안으로 들어서면서 들고 온 화웅의 머리를 땅바닥에 내던졌다. 조조가 따라준 술잔에서는 아직도 따뜻한 김이 솔솔 오르고 있었다. 후세 사람들이 관운장을 찬탄한 시가 전한다.

첫번째의 위엄이 하늘과 땅을 짓누르고,
원문轅門에 걸린 화고畵鼓 소리는 둥둥둥 울리네.
관운장이 술잔 멈추고 빼어난 용맹을 펼치자,
데운 술 식기 전에 화웅의 목이 떨어졌도다.

1-5.
조조, 치세의 능신이요 난세의 간웅

이경二更: 밤 9시부터 11시 사이이 지나, 일제히 불이 타올랐다. 도적들은 놀라고 경황이 없어서 말에 안장을 매지도 못하고, 군사들은 갑옷을 입을 틈도 없이 사방으로 도망갔다. 그렇게 날이 밝을 무렵까지 살육이 이어졌다. 황건적의 우두머리 장량張梁과 장보張寶가 패잔병을 이끌고 길을 빼앗으며 달아나려고 했다. 그때였다. 난데없이 저마다 붉은 깃발을 든 한 무리의 군사가 나타나서 앞길을 가로막았다. 그중 앞에서 위용을 드러낸 자가 있었으니, 그는 7척 신장에다 눈이 가늘고 긴 수염이 나 있었다. 관직이 기도위騎都尉인 이 사람은 패국沛國 초군譙郡 사람으로, 이름은 조조曹操요, 자는 맹덕孟德이다.

조조의 아버지 조숭曹嵩은 원래 하후夏侯씨였다. 그러

나 중상시中常侍 조등曹騰의 양자가 되었으므로 그때부터 조씨 성을 갖게 되었다. 조조의 어릴 적 이름은 아만阿瞞이다. 조조는 어릴 적부터 사냥을 좋아하고 노래와 춤을 즐겼다. 뿐만 아니라 권모술수가 있고 임기응변에 능했다.

교현橋玄이라는 자가 조조를 보고 이렇게 말한 적이 있다.

"장차 천하가 어지러워질 터인데 천명을 받은 인재가 아니고서는 천하를 구하지 못할 것이네. 천하를 편안히 할 사람은 그대가 아니겠는가?"

남양南陽의 하옹何顒이 조조를 보고 말한다.

"한실이 장차 망하려고 하네. 천하를 안정시킬 자는 반드시 자네이네."

여남汝南의 허소許邵는 사람을 잘 보기로 이름난 사람이었다. 조조가 이 사람을 찾아가 물은 적이 있다.

"나는 어떤 사람입니까?"

허소는 대답하지 않았다. 조조가 재차 묻자 허소가 입을 열었다.

"그대는 치세治世의 능신能臣이요, 난세亂世의 간웅奸雄일세."

이 말을 들은 조조는 뛸 듯이 기뻐했다

1-6.
의심이 많은 조조, 애먼 사람을 죽이다

여백사^{呂伯奢}가 조조에게 묻는다.

"조정에서 너를 잡으면 상금을 주고 숨기면 벌을 내린다는 문서와 네 얼굴을 그린 그림을 돌리고 야단이 났다더구나. 너의 부친은 이미 몸을 피해 진류^{陳留} 땅으로 가셨다. 어떻게 여기까지 올 수 있었느냐?"

조조는 이전 일을 말씀드리고 진궁^{陳宮}을 소개한다.

"여기 계신 진궁 현령을 만나지 않았다면 저는 벌써 참혹하게 죽고 말았을 것입니다."

여백사는 진궁에게 절하며 말했다.

"군이 아니셨다면 내 조카는 물론이고 조씨 일가가 다 죽음을 당할 뻔했습니다그려. 편히 앉으시오. 초라한 집이지만 오늘밤은 이곳에서 주무시오."

말을 마친 여백사는 안으로 들어갔다.

한참 만에 나온 여백사는 진궁에게,

"늙은 사람이 사는 집이라 좋은 술이 없네그려. 내 마을에 가서 술을 받아 올 터이니 잠시 기다리시오."

하고는 나귀를 타고 마을로 서둘러 갔다.

조조가 진궁과 함께 앉아 있는데, 홀연 집 뒤에서 칼 가는 소리가 들렸다.

"여백사는 나의 친일가가 아니지. 흠, 나귀를 타고 어디로 갔는지도 수상하군. 숨어서 집 안의 동정을 살펴보세."

이렇게 말하더니 조조는 방을 나와 가만히 초당 뒤로 돌아갔다. 그러자 말소리가 똑똑히 들린다.

"여러 말 할 것 없이 결박해서 죽이면 어떻겠는가?"

이 말을 듣자, 조조가 말한다.

"내 짐작이 맞았군! 우리가 선수 치지 않으면 붙들릴 것이오."

조조는 진궁과 함께 칼을 뽑아 들고 집 안으로 뛰어들어가, 남녀노소 할 것 없이 닥치는 대로 죽였다. 순식간에 여덟 식구를 몰살하고 부엌으로 돌아 나오는데, 옆에서 꿀꿀거리는 소리가 들렸다. 그곳에는 돼지가 매여 있었다! 집안 식구들은 손님을 접대하려 돼지를 잡으려고 했던 것이다.

진궁이 탄식하며,

"맹덕이 의심이 많아 착한 사람을 죽였구나!"

하지만 뉘우친들 무슨 소용 있으랴. 진궁은 조조를 따라 나와 급히 말을 타고 떠났다. 두 사람은 얼마 가지 않아 나귀 안장에 술병을 달고 과일과 야채를 싣고 돌아오는 여백사와 만났다. 여백사가 다가오는 조조와 진궁을 발견하고 말한다.

"어진 조카는 어이하여 떠나시는가?"

여백사가 청하며 다시 말한다.

"내가 집안 사람들에게 돼지를 잡으라고 일렀고 지금 술을 사왔다오. 오랜만에 같이 한 잔 하려는 거요. 그런데 어진 조카와 그대가 하룻밤도 머물지 않고 이렇게 길을 떠나면 서운해서 어쩌오? 자 어서 말을 돌려 돌아가세나."

조조는 돌아보지도 않고 말을 채찍질하며 몇 걸음을 달렸다. 그러다가 갑자기 칼을 뽑아들더니 뒤돌아 오면서 여백사를 부른다. 여백사가 반가워하며,

"그래, 어서 집으로 갑시다."

조조가 고개를 옆으로 하고 묻는다.

"어, 저기 오는 사람은 누굽니까?"

여백사는 조조가 가리키는 곳을 돌아봤다. 순간 조조는 칼로 여백사의 목을 쳤고, 그의 몸은 나귀에서 떨어졌다. 그 모습을 보고 놀란 진궁이 외친다.

"조금 전에는 잘못 알아서 참혹한 짓을 했건만, 이건 또 무슨 짓이오?"

"그가 집에 돌아가 식구들이 모두 죽은 걸 보면 무슨 생각을 하겠소. 그냥 가만히 있겠소? 많은 이들을 이끌고 잡으러 온다면 우린 그 자리에서 끝이오."

진궁은 끝내 아무 말도 할 수 없었다. 그들은 몇 리를 더 갔다. 도중에 객점이 있기에 문을 두드려 들어가 잠을 잤다. 홀로 잠 못 이룬 진궁은 생각에 잠긴다.

'조조가 훌륭한 사람인 줄 알고 벼슬까지 버리고 따라왔건만, 알고 보니 늑대 같은 놈이구나. 저런 놈을 두었다간 세상에 해로울 것이니 죽이는 것이 옳다.'

조조를 죽이기로 결심하고 칼을 빼든 진궁, 그런데 문득 이런 생각이 들었다.

'내가 조조를 따라 여기까지 온 것은 나라를 위해서이다. 그런데 지금 저런 놈 따위를 죽이는 것은 의義도 아니다. 차라리 나 혼자 다른 곳으로 가고 말리라.'

진궁은 칼을 도로 꽂고 말을 타고 날이 새기 전에 객점을 떠났다. 조조가 잠을 깨고 보니 진궁이 보이지 않자 혼자 중얼거린다.

"진궁이 나의 언행을 보고 어질지 못한 사람이라 의심하고 저 혼자 가 버린 모양이구나. 급히 떠나야겠다. 이러고 있을 때가 아니다."

1-7.
손권, 강동의 운명을 이어받다

(1)

손책孫策은 "나는 다시 살지 못하겠구나" 탄식하고 장소張昭를 비롯하여 따르는 여러 사람들과 동생 손권孫權을 누워 있는 침상 앞으로 불러 당부한다.

"천하가 지금 어지러우나, 우리는 오월吳越 땅의 많은 백성과 삼강三江이 수비벽이 되어 주는 지형 덕으로 크게 뜻을 펼 수 있을 것이다. 그대들은 나의 아우 손권을 잘 보필해 주오."

그러곤 인수印綬를 손권에게 건네며 말한다.

"강동의 군사를 일으켜 양진영의 사이에서 기회를 잡아 천하를 다투는 일은 네가 나만 못하다. 하지만 어진 사람을 등용하고 유능한 사람에게 책임을 맡겨, 그들로 하여금 힘을 다하게 하여 우리 강동을 지키는 일은 내가 너만 못하다. 너는 부디 아버님과 내가 창업하며 겪은 간난고초를 잊지 말고 그 뜻을 이어서 잘 도모하도록 하여라."

이에 손권이 큰 소리로 슬프게 울며 절하고 인수를 받았다.

손책은 어머니인 오태吳太부인에게 고한다.

"저는 이제 타고난 목숨이 다하여, 어머님을 봉양할 수가 없어 아우에게 인수를 전했습니다. 부디 어머님께서는 아침 저녁으로 아우를 가르치시어 아버님과 제가 쓰던 오래된 신하들을 잘 받들어 가벼이 여기는 일이 없도록 해주십시오."

오태부인은 흐느껴 울면서,

"네 아우는 아직 어려서 큰일을 감당하기 어려울 텐데 어찌하면 좋단 말이냐."

손책이 말하길,

"아우의 재능은 저보다 열 배나 뛰어나니, 큰 책임을 족히 감당할 수 있을 것입니다. 만약 안으로 어려운 일이 있으면 장소張昭에게 묻고, 바깥으로 어려운 일이 있으면 주유周瑜에게 물어서 결정하게 하십시오. 주유가 여기에 없어서 직접 부탁하지 못하는 것이 한입니다."

(2)

손책이 죽자 손권은 침상 앞에 쓰러져 통곡하니, 장소張昭가 말한다.

"지금 장군께서는 울고 계실 때가 아닙니다. 장례 절차를 다스리는 동시에 나라의 큰일들을 통솔하셔야 합니다."

손권은 그제야 눈물을 거두었다.

장소는 손정孫靜: 손견의 동생으로 손권의 숙부에게 장례를 법도에 맞추어 치르게 하는 한편 손권을 모시고 나가서 문무백관의 하례를 받게 하였다.

손권은 태어날 때부터 턱이 모나고, 입이 크고, 눈이 푸르고, 수염이 붉었다. 예전에 한나라 사신으로 왔던 유완劉琬이, 손씨 집안의 형제들을 보고 나서 이렇게 말한 적이 있었다.

"손씨 형제들을 보니 모두 재주와 기상이 깨끗하고 빼어나나, 오래 복록을 누릴 팔자는 아니다. 다만 손권만은 얼굴이 기이하고 골격이 비범하여 크게 귀하게 되고 장수할 상이로다. 다른 형제들은 모두 그에 미치지 못하리라."

과연 이제 손권은 형 손책의 유지를 받들어 강동의 운명을 맡았다.

(3)

원래 주유는 군사를 거느리고 파구巴丘를 지키다가 손책이 화살에 맞아 중상을 입었다는 소식을 듣고 문병하러 오던 중에, 오군 가까이에 이르러서 부고를 받고는 밤낮없이 달려온 것이었다.

주유는 손책의 영구 앞에 절하며 통곡한다. 오태부인이 나와서 고인의 유언을 전하니, 주유는 땅에 엎드려 절하고 말한다.

"견마지로犬馬之勞를 다하여 죽기로써 그 뜻을 이어가겠나이다."

이때 손권이 들어왔다. 주유가 절을 마치자 손권이 말한다.

"공은 형님의 유언을 잊지 마시오."

주유는 머리를 조아리며 말한다.

"간과 뇌수를 땅에 뿌릴지라도, 저를 알아주신 은혜에 보답하겠습니다."

"이제 아버님과 형님의 대업을 잇게 되었으니 어떤 계책으로 강동을 지켜야 하겠소?"

"자고로 인재를 얻는 자는 흥성하고 인재를 잃는 자는 망한다고 했습니다. 지금 바로 하실 일은 식견이 높고 현명한 인재를 구해서 보필을 받으시는 것입니다. 그러면 강동을 안정시킬 수 있습니다."

1-8.
조자룡, 상산의 소년 장수

"빨리 말에서 내려 항복하라!"

화살도 다 떨어지고 투구마저 땅에 나뒹굴어 머리카락이 풀어 헤쳐진 채, 공손찬公孫瓚은 말을 몰아 산비탈을 돌아갔다. 그런데 말이 앞다리가 접질려 쓰러지는 바람에 그도 그만 비탈 아래로 굴러 떨어지고 말았다. 문추文醜가 재빨리 창을 비틀며 내리 찌르려고 했다. 그때였다. 풀이 무성한 산비탈 왼쪽에서 별안간 웬 소년 장군이 창을 높이 들고 나는 듯이 말을 몰며 문추에게 덤벼들었다.

이 틈에 공손찬은 허둥지둥 비탈 위로 기어올라 갔다. 그가 보니, 소년 장수는 키가 8척에 짙은 눈썹과 부리부리한 눈, 번듯한 얼굴에 두툼한 턱을 가졌다. 위풍이 너무나도 늠름했다. 소년 장수가 문추와 오륙십 합이나 싸웠으나 승부는 나지 않았다. 이윽고 공손찬의 군사들이 구원하러 달려오자 문추는 말머리를 돌려 달아났다. 소년 장수도 구태여 그 뒤를 쫓지 않았다. 황망히 비탈에서 내려온 공손찬은 소년 장수의 이름을 묻는다. 소년은 몸을 굽혀 인사하며 대답한다.

"저는 상산常山 사람으로, 성은 조趙요, 이름은 운雲이요, 자는 자룡子龍입니다. 원소 휘하에 있었는데 원소는 임금에게 충성하고 백성을 구하려는 마음이 없는 듯하여 그를 버리고 장군 휘하로 오는 길입니다. 뜻밖에도 여기서 뵙게 되는군요."

공손찬은 몹시 기뻐하며 그를 데리고 영채로 돌아가서 갑옷과 무기를 챙겨 주었다.

1-9.
마초, 서량의 소년 장수

"나라를 배반한 역적 놈아! 누가 저놈들을 사로잡겠
느냐?"

그 말이 미처 끝나기도 전에 한 소년 장수가 나섰다.
얼굴은 관옥처럼 희고 눈은 흐르는 별과 같았다. 호
랑이 체구에 원숭이 팔이요, 표범의 배에 이리의 허
리라. 손에 긴 창을 들고 준마에 높이 앉은 채, 진중에
서 바람처럼 달려 나왔다. 이 소년 장수는 마등馬騰의
아들 마초馬超로, 자는 맹기猛起요 나이는 17세다. 그
빼어난 용맹은 당할 자가 없다. 왕방王方은 그가 어린
것을 얕잡아 보고 말을 달려 나왔다. 서로 어우러져
싸운 지 몇 합도 채 못 되어 왕방은 마초의 창에 찔려
말에서 떨어져 죽고 말았다. 마초는 말머리를 돌려
서 진으로 돌아갔다. 왕방이 죽는 걸 본 이몽李蒙은 필

마匹馬로 내달아 마초의 뒤를 쫓았다. 마초가 그런 상황을 전혀 모르는 듯하여 진중에 있던 마등은 큰소리를 친다.

"등 뒤에 쫓는 놈이 있다!"

그 소리가 끝나기도 전이었다. 마초는 어느 틈엔가 이몽을 말 위에서 사로잡았다. 마초는 처음부터 이몽의 추격을 알고 있었지만 짐짓 모른 체하며 늑장을 부리며 그가 가까이 오기를 기다렸던 것이다. 그가 다가와 창을 내지르려고 하자 마초는 번개같이 몸을 비켰다. 그 창끝이 허공을 찔렀다. 두 말이 나란하게 되자 마초는 원숭이 같은 팔을 가볍게 뻗어 이몽을 사로잡았다. 주장을 잃은 군사들은 마초의 그림자만 보고도 분주히 달아났다.

낭송Q시리즈 남주작
낭송 삼국지

2부
별들의 만남

2-1.
동탁과 여포 : 이 사람만 얻는다면

(1)

"안 된다! 안 된다! 감히 어떤 자가 그따위 소리를 하느냐? 천자로 말할 것 같으면 바로 선제의 적자다. 처음부터 아무런 과실도 없으신 터에 어떻게 함부로 폐립을 논하느냐! 네가 지금 찬역을 꾀하려는 게냐?"

동탁董卓이 보니 형주 자사 정원丁原이었다. 동탁은 정원에게 호통친다.

"나를 따르는 자는 살 것이요, 나를 거스르는 자는 죽을 것이다!"

동탁은 곧바로 허리에 찬 검을 뽑아 정원을 베려 했다. 이때 정원의 뒤에 있는 한 사람이 이유李儒의 눈에 들어왔다. 용모가 당당하고 위풍이 늠름한 그 사람은 손에 방천화극方天畵戟을 잡고 성난 눈으로 동탁을 노려보고 있었다. 이유가 급히 앞으로 나오며 동탁을 말린다.

"오늘 이 같은 연회에서 국정을 논하는 것은 맞지 않사옵니다. 내일 도당에서 공론公論에 부치심이 마땅합니다."

(2)

동탁은 칼을 짚고 뜰 입구에 서 있는데, 저편에서 창을 든 사람 하나가 말을 채찍질해 오더니 여기저기 달린다. 동탁은 이유에게 묻는다.

"저 사람은 누구요?"

이유가 답한다.

"저 사람은 정원의 수양아들로, 성은 여呂요 이름은 포布며, 자는 봉선奉先입니다. 주공은 잠시 몸을 피하십시오."

동탁은 이에 원내로 들어가서 몸을 피했다.

다음 날, 부하가 황급히 들어와서 정원이 군사를 이끌고 와서 성 밖에서 싸움을 건다고 보고했다. 성이 난 동탁은 이유와 함께 군사를 이끌고 그들을 맞으러 나갔다. 양쪽 군사가 마주 보고 진을 쳤다. 여포는 머리카락을 묶고 금관을 썼으며, 갖가지 꽃무늬가 수놓인 백화전포百花戰袍를 걸쳤다. 당예唐猊 가죽 갑옷 위에 사만보대獅蠻寶帶: 고급 무관들이 쓰는 허리띠를 두르고 있었다. 그는 화극을 든 채 말을 타고 정원을 따라 진 앞으로 나왔다. 그는 동탁을 손가락질하며 꾸짖는다.

"나라가 불행하려니까 고자들이 권력을 농락하여 만 백성을 도탄에 몰아넣는구나. 한 치의 공조차 없는 너 같은 자가 감히 임금의 폐립 운운하면서 조정을 어지럽히느냐?"

동탁이 미처 대꾸할 새도 없이 여포는 바람처럼 말을 달려 동탁을 덮쳤다. 동탁이 황망히 달아나자 정원이 군사를 몰아 뒤쫓았다. 대패한 동탁은 30여 리나 물러가 영채를 세우고 수하 장수를 모아 의논했다. 동탁이 말한다.

"내 보아 하니, 여포가 보통 사람이 아니구나. 내가 이 사람만 얻는다면 어찌 천하를 근심하랴!"

2-2.
여포와 유비·관우·장비 : 세 영웅을 어찌 대적하랴

"여포가 싸움을 걸어 왔습니다."

여덟 제후들은 일제히 말을 타고 군사를 8대隊로 나누어 높은 언덕 위로 올라갔다. 저편에서 여포가 군사를 거느리고 깃발을 펄럭이며 쳐들어왔다. 상당上黨 태수 장양張楊의 부장 목순穆順이 말을 달려 창을 들고 나가 여포에게 덤벼들었다. 여포의 창이 한 번 번쩍 하자, 목순은 창에 찔려 말 아래로 떨어져 죽었다. 제후들이 영채로 돌아와 상의하는데, 조조가 말한다.

"여포만 사로잡으면 동탁을 죽이기는 어렵지 않소. 그런데 여포의 용맹을 대적할 자 없으니 제후들이 다 함께 모여 좋은 계책을 생각해야겠소."

이렇게 의논을 하는데, 여포가 다시 와서 싸움을 걸었다. 제후들은 일제히 나갔다. 먼저 공손찬이 창을 들고 내달렸지만 여포와 싸운 지 얼마 되지 않아 말 머리를 돌렸다. 여포가 적토마를 몰아 그의 뒤를 추격했다. 적토마는 하루에 천리를 가는 말이라, 바람처럼 날래서 순식간에 공손찬을 따라잡았다. 여포가 방천화극을 번쩍 들어 공손찬의 등을 겨누어 내리칠 찰나였다.

바로 그때, 갑자기 한 장수가 고리눈을 부릅뜨고 호랑이 수염을 곤추세운 채 장팔사모丈八蛇矛를 잡고는 나는 듯이 말을 몰아 나오며 고함을 지른다.

"아비를 셋이나 가진 종놈아, 게 섰거라! 연나라 사람 장비가 여기 있다!"

여포는 욕을 먹자 화가 나서 달아나는 공손찬을 버려 두고 즉각 장비에게로 몸을 돌렸다. 장비는 정신을 가다듬고 여포와 맞붙어 치열하게 싸웠다. 연거푸 50여 합을 싸웠건만 승부가 나지 않았다. 이를 본 관운장이 82근이나 되는 청룡언월도青龍偃月刀를 춤추듯 휘두르며 여포를 향해 달려들었다. 세 필의 말이 정丁자 꼴로 자리를 바꿔 가면서 싸우는데 총 30합에 이르도록 여포를 쓰러뜨릴 수 없었다. 보다 못한 유비마저 쌍고검을 뽑아 들고 누런 갈기의 말을 급히 몰아 측면으로 뛰어들어 싸움을 도왔다. 세 사람은 여포를 에워싸고 주마등처럼 빙빙 돌며 공격을 퍼부었

다. 장수들과 군사들은 모두 넋을 잃고 싸움을 바라
볼 뿐이었다.

어찌 여포가 세 영웅을 대적할 수 있으랴. 지금까지
셋과 대적한 것만으로도 여포는 충분히 용맹한 장군
이라. 여포는 사력을 다해 이리 막고 저리 피했지만
끝까지 버텨 낼 수 없자, 현덕의 얼굴을 향하여 짐짓
헛창질을 했다. 순간 현덕이 급히 몸을 피했다. 그 틈
을 타 여포는 화극을 거꾸로 끌고 나는 듯이 말을 몰
아 영채로 달아났다. 하지만 어찌 여포가 그냥 도망
치도록 놓아두랴! 세 사람은 말을 박차며 추격했다.
군사들도 천지가 진동할 정도로 함성을 지르며 일제
히 돌격했다. 현덕과 관우, 장비는 영채를 향해 달아
나는 여포와 그의 군사들을 뒤쫓았다.

2-3.
동탁 암살에 실패하고 도망치는 조조

"맹덕은 어찌 이리 늦었는가?"

조조가 얼른 대답한다.

"말이 약해서 걸음이 늦었습니다."

동탁이 여포를 돌아보며 분부한다.

"서량西涼에서 들어온 좋은 말들이 있지 않느냐. 봉선이 직접 가서 한 필 골라 맹덕에게 주어라."

여포가 영을 받고 나갔다. 조조가 속으로 생각하길,

'이 역적 놈, 넌 이제 죽었어!'

즉시 칼을 빼들어 찌르고 싶었지만 동탁의 힘이 센걸 생각하고 감히 경솔하게 움직이지 못했다. 그러는 동안 몸이 비대한 동탁이 오래 앉아 있지 못하여 침상에 누웠다. 얼굴을 안쪽으로 돌린 채였다. 조조는다시 속으로 중얼거린다.

'이 역적놈, 넌 이제 죽었어.'

급히 보도寶刀를 뽑아 막 찌르려는 참이었다. 뜻밖에도 동탁이 옷매무새를 고치려고 얼굴을 들어 거울을 보았다. 거울에는 자기 등 뒤에 칼을 든 조조의 모습이 비쳤다. 동탁은 급히 몸을 돌리며 묻는다.

"맹덕은 무엇을 하느냐?"

이때 여포가 말을 끌고 누각 밖에 도달했다. 당황한 조조는 곧바로 두 손으로 칼을 받들고 꿇어앉으며 말한다.

"저에게 보도가 한 자루 있사온데, 평소 은혜를 베풀어 주신 상국께 바치나이다."

동탁이 받아 보니 길이는 한 자 남짓 하고 칠보七寶를 박아 장식한 아주 예리한 칼이었다. 동탁은 칼을 여포에게 주어 간수하게 했다. 조조는 칼집까지 끌러 여포에게 주었다.

동탁이 조조를 데리고 밖으로 나가 끌고 온 말을 그에게 주었다. 조조가 사례하며 말한다.

"시험 삼아 한번 타 보고 싶습니다."

동탁은 안장과 고삐를 갖춰 주게 했다. 조조는 말을 끌고 상부에서 나오자마자 말에 채찍을 가하여 동남쪽으로 사라졌다.

여포가 동탁에게 말한다.

"방금 오다 보니 조조의 거동이 아버님을 암살하려는 것 같았습니다. 일이 탄로나자 칼을 바친 것이 아닐까요?"

동탁도 같은 생각이었다.

"나도 그런 의심이 드는구나."

2-4.
조조와 장료 : 적의 장수가 나의 장수가 되다

무사들이 조조 앞으로 장료張遼를 끌고 왔다. 조조가 장료를 손가락질하며 말한다.

"이자는 매우 낯이 익구나."

장료가 대꾸한다.

"지난날 복양성濮陽城 안에서 만난 적이 있는데 그새 잊었느냐?"

조조가 껄껄 웃으면서 말한다.

"허허, 그대 또한 기억하고 있었구나!"

"지금 생각하니 다만 애석할 따름이오!"

"무엇이 그토록 애석하단 말이냐?"

"그날 불길이 더 크게 일어났다면, 너 같은 국적國賊을 태워 죽일 수 있었을 텐데. 참으로 안타깝소!"

크게 노한 조조가 소리친다.

"패전한 장수놈이 어찌 감히 나를 모욕한단 말이냐!"

조조는 검을 뽑아 직접 장료를 죽이려고 앞으로 나섰다. 전혀 두려워하는 기색도 없이 장료는 목을 늘이고 죽여 주기를 기다렸다. 이때 조조의 등 뒤에서 한 사람이 나오더니 검을 들고 있는 조조의 팔을 붙든다. 다른 한 사람도 나오더니 조조 앞에 무릎을 꿇으며 말하는구나.

"승상께선 잠시 손을 멈추시오!"

장료를 죽이려던 조조의 팔을 붙잡은 것은 현덕이었고, 조조의 면전에 무릎을 꿇은 이는 관운장이었다. 현덕이 말한다.

"이런 진심을 가진 사람은 마땅히 살려 두어 쓰는 게 옳소이다."

관운장도 잇달아 청한다.

"관 아무개는 평소 장료가 충성스럽고 의로운 사람임을 잘 알고 있소. 바라건대 그를 살려 주시오."

조조는 검을 내던지며 껄껄 웃는다.

"나 역시 장료의 충의를 잘 알고 있소. 일부러 장난을 쳐본 것뿐이오."

조조는 친히 결박을 풀어 주고 자신이 입고 있던 옷을 벗어 장료에게 입히고 윗자리로 청해 앉혔다. 그 성의에 감격한 장료는 마침내 귀순했다.

2-5.
조조와 유비 : 젓가락을 떨어뜨려 의심을 물리치다

현덕은 조조의 음해를 방지하려고 자신이 거처하는 공관 후원에 손수 채소를 심고 물을 주면서 채마밭을 가꾸었다. 이것은 빛을 거두고 재주를 감추는 도회지계韜晦之計였다. 관우와 장비가 묻는다.

"형님은 천하 대사에 마음을 두지 않으시고 소인들이나 하는 일을 배우시니 어찌된 일입니까?"

현덕이 대답한다.

"이는 두 아우가 알 일이 아닐세."

그러자 두 사람은 더 이상 묻지 않았다.

하루는 관우와 장비가 없는 사이에 현덕이 채소에 물을 주고 있는데 허저와 장료가 군사 수십 명을 거느리고 후원으로 들어왔다.

"승상께서 명을 내리셨습니다. 사군使君께선 어서 가

시지요."

현덕이 놀라 묻는다.

"무슨 급한 일이라도 있습니까?"

허저가 답한다.

"모릅니다. 그저 모셔 오라고만 하셨습니다."

현덕은 어쩔 수 없이 두 사람을 따라 승상부로 들어가 조조를 만났다. 조조가 웃으며 말한다.

"집에서 아주 큰일을 꾸미고 계신다지요?"

깜짝 놀란 현덕은 얼굴이 흙빛으로 변했다. 조조는 현덕의 손을 덥석 잡더니 곧바로 후원으로 들어갔다.

"채소 가꾸는 법을 배우는 일도 쉽지는 않지요?"

현덕은 그제야 겨우 마음을 놓으며 대답한다.

"딱히 할 일이 없기에 소일삼아 하고 있을 뿐입니다."

조조가 말한다.

"마침 매실이 파랗게 달린 것을 보니 문득 지난해에 장수를 치러 가던 일이 생각나더군요. 도중에 물이 떨어져 장졸들이 모두 갈증을 이기지 못할 때였소. 그래서 내가 문득 한 가지 꾀를 냈지요. 채찍을 들어 허공을 가리키며 '저 앞에 매화숲이 있다'고 했소. 그 말을 들은 군사들은 모두 새콤한 매실 맛을 떠올렸고 곧 입안에 군침이 돌아서 다행히 갈증을 면했다오. 오늘 이 매실을 보니 그때가 생각나는구려. 마침 술

도 따끈하게 데워졌기에 사군과 정자에서 한잔 하려
고 청했소."

현덕은 그제야 마음이 놓였다. 조조를 따라 작은 정
자로 가니 이미 술상이 차려져 있었다. 소반 위에는
푸른 매실이 담겨 있고 술단지에는 따끈하게 데운 술
도 있었다. 두 사람은 마주 앉아 가슴을 열고 유쾌하
게 마셨다.

술이 거나하게 취했을 때였다. 갑자기 검은 구름이
하늘을 뒤덮더니 금방이라도 소낙비가 쏟아질 것만
같았다. 심부름하는 하인이 멀리 하늘 밖을 가리키며
용이 물을 빨아올린다고 소리쳤다. 조조는 현덕과 함
께 난간에 기대어 그쪽을 바라보았다. 조조가 현덕에
게 묻는다.

"사군께선 용의 변화를 아시오?"

"잘 모릅니다."

조조는 자신의 견해를 피력하며 말한다.

"용은 커졌다 작아졌다 할 수 있으며 하늘을 오르기
도 하고 물속에 숨을 수도 있소. 커지면 구름을 일으
키며 안개를 토해 내지만 작아지면 비늘을 감추고 형
체조차 나타내지 않지요. 하늘로 오를 때는 우주 사
이로 날아다니지만 숨을 때는 파도 속으로 잠복해 버
린다오. 바야흐로 지금은 깊은 봄날이라 용이 때를

만나 조화를 부리는 시기라오. 마치 사람이 뜻을 얻어 사해를 종횡으로 누비는 것과 같지요. 용이란 것은 세상의 영웅에 비길 만하지요. 현덕은 오랫동안 사방으로 돌아다녔으니 필시 당대의 영웅을 아실 것이라 보오. 어디 한번 지적해서 말씀을 해보시오."

"저 같이 비천한 안목으로 어찌 영웅을 알아보겠습니까?"

조조가 은근히 핀잔을 준다.

"겸손이 지나치구려."

현덕은 정색을 하고 말한다.

"승상께서 은혜를 베풀고 비호해 주시는 덕택으로 조정에서 벼슬을 하고 있는 처지입니다. 천하의 영웅은 정말 모릅니다."

"얼굴은 모른다 치더라도 이름이야 들으셨을 게 아니오."

현덕은 회피만이 능사가 아니라고 생각하고 말한다.

"회남의 원술이 군사와 양식을 넉넉히 가지고 있으니 가히 영웅이라고 할 수 있겠지요."

이 말을 들은 조조는 가소롭다는 듯 웃으며 말한다.

"무덤 속의 마른 뼈다귀지요. 내 조만간 반드시 사로잡고 말 것이오!"

"하북의 원소는 4대에 걸쳐 삼공을 역임했고 그 문하

에는 조상 때부터 내려오는 부하들이 많습니다. 지금은 기주冀州 지방을 차지하고 호랑이처럼 웅크리고 있는데 그 수하에는 능력 있는 자들이 매우 많으니 가히 영웅이라 할 수 있겠지요."

조조가 다시 껄껄 웃으며 말한다.

"원소로 말하자면 겉으로는 사나우나 담이 약하고, 꾀는 좋아하지만 결단성이 없지요. 큰일을 당하면 몸을 아끼고 작은 이익을 보면 목숨을 걸고 달려드니 영웅이 아니외다."

"구주에 위엄에 짓누르는 사람으로, 팔준八俊이라고 불리는 유경승劉景升이야말로 영웅이라고 할 수 있겠지요."

현덕의 말에 조조는 코웃음을 친다.

"유표유경승는 헛된 이름만 났을 뿐 실속이 없는 사람이니 영웅이 아니오."

"그러면 혈기 왕성한 강동의 영수 손책孫策이 바로 영웅이겠지요."

"손책은 제 아비의 이름이나 빌렸으니 영웅이 아니지요."

"익주益州의 유계옥劉季玉을 영웅이라 할 수 있지 않을까요?"

"유장유계옥은 비록 한나라 황실의 종친이기는 하나

집 지키는 개에 불과하니 어찌 영웅이라 하겠소?"

"장수張脩나 장로張魯, 한수韓遂와 같은 무리는 어떻습니까?"

조조는 손뼉을 치면서 껄껄 웃는다.

"그따위 녹록한 소인들이야 입에 담을 수 없지요!"

"이들 외에는 아는 사람이 없소이다."

조조는 자신이 생각하는 영웅론을 펼쳤다.

"무릇 영웅이란 가슴에는 큰 뜻을 품고 뱃속에는 훌륭한 계책을 가지고 있어야 하지요. 우주를 싸서 감출 기지가 있고 천지를 삼켰다가 토해 낼 뜻이 있는 자라야 하오."

현덕이 묻는다.

"누가 거기에 해당됩니까?"

조조가 손을 들어 현덕을 가리키고 난 다음에 자신을 가리키는구나.

"지금 천하의 영웅은 오직 사군과 이 조조가 있을 따름이오!"

이 말을 들은 현덕은 소스라치게 놀라 자신도 모르게 손에 들고 있던 젓가락을 땅에 떨어뜨리고 말았다. 때마침 소낙비가 쏟아지려는지 천둥이 요란하게 울렸다. 현덕은 천연스레 머리를 숙이고 땅바닥에 떨어진 젓가락을 집어 들었다.

"한바탕 진동하는 위엄에 그만 이 지경이 되었군요."

조조가 웃으며 묻는구나.

"장부도 천둥을 두려워하시오?"

현덕이 대답한다.

"성인도 빠른 우레와 맹렬한 바람에는 반드시 낯빛을 고치셨다 합니다. 어찌 두려워하지 않겠습니까?"

조조의 말에 놀라 젓가락을 떨어뜨렸으나 이렇게 슬쩍 얼버무리자 조조는 더 이상 현덕을 의심하지 않았다.

2-6.
관우의 환심을 사려는 조조

(1)

관운장이 말한다.

"패배한 장수를 죽이지 않으시니 큰 은혜를 입었습니다."

조조가 말한다.

"내 전부터 관운장의 충의를 사모해 왔는데, 오늘 이렇게 만나니 평생의 소원이 이루어진 듯하오."

"장요를 통해 말씀드린 세 가지 약조를 승상께서 받아들이셨으니, 약속을 저버리지 마시기 바랍니다."

"이미 승낙했거늘 어찌 신의를 저버리겠소."

관운장이 다시 말한다.

"저는 유황숙이 계신 곳만 알면 비록 물불이라도 밟고서 반드시 가겠으니, 그때 혹시 여의치 않아 하직 인사를 드리지 못할지라도 부디 용서하십시오."

"만약 유현덕이 살아 있다면 당연히 귀공을 보내겠으나, 전란 중이라 돌아가시지나 않았는지 모르겠소. 공은 천천히 알아보도록 하시오."

관운장이 다시 절하고 감사하니, 조조는 크게 잔치를 베풀어 대접한다.

이튿날 조조는 대군을 거느리고 허도로 출발하니, 관운장은 두 형수를 수레에 모시고 친히 호위하며 따라간다.

해가 저물어 역참의 객사에 들러 잘 때마다, 조조는 군신의 예를 어지럽히려고 관운장과 두 부인을 한 방에서 자게 했다. 그러나 관운장은 등불을 밝힌 다음 문 밖에 서서 이튿날 아침까지 지새우는데, 그러고도 피곤한 기색이 조금도 없었다. 조조는 관운장의 이런 모습을 보고 더욱 공경하게 되었다.

(2)

조조가 묻는다.

"운장의 수염은 몇 올이나 되오?"

관공이 대답한다.

"수백 올은 되지요. 해마다 가을이면 서너 올씩 빠지

기에, 겨울에는 주머니를 만들어 싸 둡니다. 수염이 부러질까 걱정해서지요."

그 말을 들은 조조는 비단으로 수염 주머니를 만들어 관공에게 주었다. 다음 날 조회 때 황제인 헌제獻帝는 관공의 가슴 앞에 달린 비단 주머니를 보고 무엇이냐고 물었다.

관공이 아뢰길,

"신의 수염이 제법 길기에 승상께서 수염 담는 비단 주머니를 주셨습니다."

헌제는 그 자리에서 주머니를 풀어 수염을 보이라고 명했다. 주머니를 풀자 관공의 수염이 배 아래까지 내려왔다. 헌제가 보더니 말한다.

"참으로 수염이 아름다운 미염공美髯公이로구나!"

이때부터 사람들은 관공을 '미염공'이라고 불렀다.

(3)

"공의 말은 왜 이토록 여위었소?"

조조의 질문에 관공이 답한다.

"천한 몸이 제법 무겁다 보니 말이 견디지 못하여 늘 이처럼 여위더이다."

조조는 마구馬具를 갖춘 말 한 필을 끌고오라고 분부

했다. 조금 뒤 끌려온 말을 보니, 몸뚱이가 달아오른 숯덩이처럼 붉고 웅장했다. 조조가 말을 가리키며 묻는다.

"공은 이 말을 알아보겠소?"

"혹시 여포가 타던 적토마가 아닙니까?"

"그렇소."

조조는 안장과 고삐를 갖추어 적토마를 관공에게 선물했다. 관공이 두 번이나 절하며 인사를 한다. 조조는 은근히 불쾌해졌다.

"내가 금은과 미녀를 여러 차례 보내 주었지만 공이 지금처럼 절을 한 적은 한 번도 없었소. 그런데 오늘 말 한 마리에 이처럼 기뻐하며 절을 두 번이나 하다니, 어찌하여 사람은 천하게 여기고 짐승은 귀하게 여긴단 말이오?"

관공이 대답한다.

"저는 이 말이 하루에 천 리를 간다는 사실을 알고 있습니다. 오늘 다행히 이 말을 얻었으니 형님이 계신 곳을 알게 된다면 하루면 가서 만나 뵐 수 있지 않겠습니까?"

깜짝 놀란 조조는 적토마 준 것을 후회했다.

2-7.
관우, 조조의 품을 떠나다

"내가 이전에 허락한 일인데 어찌 신의를 저버렸단 말이오? 그 사람은 나름대로 자기 주인을 위해서 한 일이니 뒤쫓지 말게."
이렇게 대답한 뒤, 조조는 다시 장료에게 말한다.
"운장이 금과 은을 창고에 넣어 봉하고 인수를 걸어 두었다면, 재물로도 그 마음을 움직일 수 없고 작위 나 봉록으로도 그 뜻을 바꿀 수 없다는 게지. 이런 사 람을 나는 가슴 깊이 존경하네. 그가 멀리 가지는 못 했을 거요. 내 어차피 그와 사귀었으니 인정이나 베 풀어야겠소. 그대는 한발 앞서 가서 그를 멈추게 하 시오. 내가 가서 전송하며 노자와 전포라도 선사하여 훗날의 기념으로 삼겠소."
명을 받든 장료가 말을 타고 먼저 떠나고, 조조는 기

병을 이끌고 뒤따라간다.

관운장이 탄 적토마는 하루에 천 리 길을 가는 명마여서 본래 남들이 따라잡을 수 없겠지만, 수레를 호송하다 보니 고삐를 죄고 마음껏 달릴 수가 없었다. 그래서 고삐를 풀어 천천히 가고 있는데, 뒤에서 누군가 큰소리로 관운장을 부른다.

"관운장, 잠시 걸음을 멈추시오!"

뒤돌아보니 장료가 말을 다그쳐 몰며 달려오고 있었다. 관운장은 부하들에게 큰길을 따라 계속 수레를 몰고 가라고 명령했다. 그런 뒤 고삐를 당겨 적토마를 세우고 청룡도를 단단히 잡고는 다가온 장료에게 묻는다.

"장료는 설마 내 발길을 돌리려고 쫓아온 겐가?"

장료가 대답한다.

"아니오. 승상께서는 그대가 먼 길을 떠난 것을 아시고 전송하시려고 하오. 그래서 일부러 나를 먼저 보내 그대의 발걸음을 잠시 멈추도록 하셨을 뿐, 다른 뜻은 없소."

"승상의 철갑기병이 온다면 죽기로 싸울 것이오!"

관운장은 다리 위에 말을 세우고 먼 곳을 바라보니, 조조가 수십 명의 기병을 거느리고 나는 듯이 달려오고 있구나. 조조의 뒤로는 허저許褚, 서황徐晃, 우금于禁,

이전李典 등의 무리가 따랐다. 조조는 관운장이 청룡
도를 비껴든 채 다리 위에 말을 세우고 있는 모습을
보자, 장수들에게 말을 멈추어 세우고 좌우로 늘어서
게 했다. 관운장은 그들의 손에 병기가 없는 것을 보
고서야 비로소 마음을 놓았다. 조조가 말을 건넨다.

"운장은 어찌 이리도 빠른 속도로 가시는가?"

관운장은 말 위에서 몸을 약간 숙이고 대답한다.

"관 아무개가 일찍이 승상께 말씀드린 적이 있듯이,
지금 옛 주인께서 하북에 계신다는 소리를 들었기로
급히 떠나게 되었습니다. 몇 번이나 승상부로 갔으나
뵐 수 없었기에 작별의 글을 올렸습니다. 황금은 창
고에 넣어 봉하고 관작의 인수는 대청에 걸어두어 승
상께 돌려드리라 했습니다. 승상께서는 지난날에 하
신 말씀을 잊지 마십시오."

조조가 말한다.

"천하의 신망을 얻고자 하는 내가 어찌 한 번 한 말을
어기겠소? 혹시 가는 길에 모자랄까 노잣돈을 준비
하여 전송하러 왔소이다."

한 장수가 말에 탄 채 황금 한 쟁반을 들고 건너왔다.
관운장이 말한다.

"여러 차례 내려 주신 은혜로 아직 노자가 남아 있습
니다. 거두셨다가 장병들에게 상으로 내리십시오."

"적은 선물로 장군이 세운 크나큰 공을 조금이나마 갚으려는 것일 뿐이니, 물리치지 마오."

관운장이 답한다.

"보잘것없는 수고였으니, 입에 올릴 만한 일이 아닙니다."

조조는 웃는다.

"운장은 천하의 의사義士인데, 내가 박복하여 그대를 붙들어 둘 수 없는 게 한이오. 비단 전포 한 벌로 약소하나마 나의 성의를 보이고 싶구려."

조조의 명을 받은 장수가 말에서 내려 두 손으로 전포를 받들고 건너왔다. 관운장은 다른 변이라도 일어날까 염려되어, 감히 말에서 내리지도 못하고 청룡도 끝으로 전포를 걸어 올려 몸에 걸쳤다. 그러고는 고삐를 당겨 말머리를 돌리며 감사의 인사를 하고 떠난다.

"승상께서 하사하신 전포를 감사히 받았으니 다른 날 다시 뵙겠습니다."

2-8.
독설가 예형과 조조의 만남

화가 난 조조가 예형禰衡에게 묻는다.

"그러는 너는 무슨 능력이 있느냐?"

"천문과 지리에 통하지 않은 것이 하나도 없고 삼교구류三敎九流: 유교·불교·도교와 유가·도가·음양가·법가·명가·묵가·종횡가·잡가·농가에서 모르는 게 하나도 없소. 위로는 임금을 보좌하여 요순 같은 성군으로 만들 수 있고, 아래로는 공자나 안연의 덕을 갖추게 할 수도 있소. 그러니 어찌 속된 자들과 함께 논할 수 있으리오?"

이때 조조 옆에 있던 장료가 검을 빼 들고 예형을 죽이려 한다. 조조가 말리며 말한다.

"마침 북 치는 고수가 하나 모자랐지. 조만간 열릴 조하연향朝賀宴享 때 예형에게 그 직책을 맡겨라."

예형은 사양하지 않고 그렇게 하겠다고 대답하곤 가

버렸다. 장료가 묻는다.

"저 사람은 말투가 대단히 불손하옵니다. 어찌 죽이지 않으십니까?"

조조가 대답한다.

"저 자는 평소 헛되이 명성이 높아 원근에서 모두 알고 있소. 오늘 저자를 죽이면 천하 사람들이 틀림없이 나를 도량이 좁다고 할 것이오. 저 자는 제 능력을 자만하고 있으니, 북 치는 직책을 주어 그를 모욕할 작정이오."

그날이 되자 조조는 대궐의 성청省廳에서 큰 잔치를 베풀고 많은 손님을 대접하면서, 고수들에게 북을 치게 했다. 옛 고수가 예형에게 말한다.

"북을 치려면 반드시 새 옷으로 갈아입어야 합니다."

그러나 예형은 입던 옷을 그대로 입고 들어갔다. 그는 드디어 「어양삼과」漁陽三撾라는 곡을 쳤는데, 그 절조가 너무나 절묘하여 은은히 울리는 것이 마치 금석金石 소리 같았다. 자리에 앉은 손님들은 그 소리를 듣고 모두 감정이 북받쳐 눈물을 흘렸다. 이때 조조를 모시던 사람들이 호통치며 말한다.

"어찌 옷을 갈아입지 않았느냐!"

그러자 예형은 여러 사람의 면전에서 낡은 옷을 벗어 던지고, 실오라기 하나 걸치지 않은 알몸으로 섰다.

자리에 있던 손님들은 모두 얼굴을 가렸다. 그러자 예형은 서서히 바지를 입는데 얼굴빛은 조금도 변하지 않았다. 조조가 꾸짖는다.

"묘당에서 어찌 이토록 무례하단 말이냐?"

예형이 맞받아치면서 말한다.

"군주를 기망하는 것을 무례하다고 하느니라. 나는 부모님께서 주신 형체를 드러내어 깨끗한 몸을 보여 주었을 따름이오!"

"네가 깨끗하다니, 그럼 누가 더럽단 말이냐?"

"당신은 현명한 자와 우둔한 자를 식별하지 못하니 눈이 더럽고, 『서경』이나 『시경』을 읽지 않았으니 입이 더럽지. 충성스런 말을 받아들이지 않으니 귀가 더럽고, 고금의 일을 통달하지 못했으니 몸이 더럽지. 제후들을 용납하지 못하니 뱃속이 더럽고, 늘 반역할 마음을 품고 있으니 마음이 더럽지! 나는 천하의 명사이거늘 한낱 북치기로 고용했으니, 이는 양화陽貨가 중니를 업신여기고 장창臧倉이 맹자를 헐뜯는 격이다! 패왕의 공업을 이루려는 자가 이렇듯 사람을 경멸한단 말이냐?"

이때 자리에 앉아 있던 공융은 조조가 예형을 혹여 죽이지는 않을까 두려워, 조용히 일어나 말한다.

"예형의 죄는 노역수로 귀양을 보내야 하오. 명왕지

몽明王之夢을 꾸기에는 부족한 것 같습니다."

조조가 예형을 가리키며 말한다.

"너를 형주에 사자로 보내겠다. 만약 유표를 설득하여 항복하게 한다면 너를 공경公卿으로 등용하겠다."

예형은 가지 않겠다고 했다. 조조는 말 세 필을 준비하고 두 사람을 시켜 좌우에서 예형을 끼고 가도록 했다. 그리고 수하의 문무 관원에게 동문 밖에 술상을 차려 배웅하도록 했다.

순욱이 관원에게 말한다.

"예형이 오거든 몸을 일으키지 말라."

예형이 도착하여 말에서 내려 들어오다 보니, 모두가 가만히 앉아 있다. 예형은 갑자기 목을 놓아 울음을 터뜨렸다. 순욱이 왜 우느냐고 물으니,

"시체들 사이를 걸어가는데 어찌 곡을 하지 않는단 말이오?"

사람들이 기분 나빠하며 말한다.

"우리가 시체라면 너는 머리 없는 귀신이다."

예형도 지지 않고 대꾸한다.

"나는 한나라의 신하다. 조만曹操의 도당이 아니거늘 어째서 머리가 없단 말이냐!"

2-9.
유비와 제갈공명 : 세번째 초려를 찾다

"동자야, 수고스럽겠지만 유비가 선생을 뵈러 왔다
고 전해다오."
동자가 대꾸한다.
"오늘 선생이 비록 집에 계시긴 하지만 지금 초당에
서 낮잠을 주무시고 계세요."
"그렇다면 내가 왔다는 걸 잠시 알리지 말거라."
관우, 장비 두 사람에게 문어귀에서 기다리라 하고
현덕은 천천히 안으로 걸어 들어갔다. 선생은 초당의
안석 위에 반듯이 누워 잠을 자고 있었다. 현덕은 두
손을 앞으로 모아 쥐고 섬돌 아래에 서 있었다. 반나
절을 기다렸으나 선생은 좀처럼 잠에서 깨지 않았다.
관우와 장비가 바깥에서 아무리 기다려도 기척이 없
자, 기다리다 못해 안으로 들어갔다. 현덕은 그때까

지도 공손히 섬돌 아래에 서 있었다. 화가 머리꼭대기까지 치민 장비가 관우에게 말한다.

"저 선생이란 자가 어찌 저리도 오만하오? 우리 형님을 섬돌 아래 세워 놓고 저만 높이 누워 자다니! 내가 집 뒤로 돌아가서 불을 확 지를 테니 그래도 저자가 일어나는지 안 일어나는지 한번 봅시다!"

펄쩍 뛰는 장비를 관우가 거듭 말리며 붙들었다. 두 사람을 본 현덕은 문밖으로 나가서 기다리라며 내보내고 다시 기다렸다. 초당 위를 바라보니 선생이 몸을 뒤집는 모습이 보인다. 그러다가 홀연히 다시 벽쪽으로 돌아눕는다. 동자가 말씀을 드리려 하자 현덕이 말린다.

"놀라시게 하지 마라."

현덕은 다시 한 시진이나 더 서서 기다렸다. 그제야 공명은 잠에서 깨어났다. 잠에서 깨어난 그는 시를 한 수 읊는다.

　　큰 꿈을 누가 먼저 깨었는가?
　　평생 나는 스스로 알았지.
　　초당에서 봄잠을 흡족하게 잤는데도,
　　창밖의 해는 더디기만 하구나.

시를 다 읊은 공명은 몸을 돌려 동자에게 묻는다.

"손님이 오셨느냐?"

동자가 대답한다.

"유황숙께서 오신 지 오래되셨습니다."

공명은 이에 몸을 일으키며 말한다.

"어찌하여 진작 알리지 않았느냐? 잠시 옷을 갈아입어야겠다."

그러고는 마침내 후당으로 들어갔다. 또 한참이 지난 후에 공명은 의관을 정제하고 나와서 현덕을 맞는다. 현덕이 보니, 공명의 키는 8척이요 얼굴은 관옥冠玉을 깎아놓은 듯했다. 머리에는 푸른 윤건綸巾을 둘렀고, 몸에는 학창의鶴氅衣를 입었다. 표표한 그 모습이 흡사 신선의 면모였다. 현덕은 공명에게 절하며 말한다.

"한실漢室의 후예요, 탁군의 필부인 유비가 선생의 큰 이름을 일찍이 들었기로, 이전에 두 번이나 찾아왔소이다만 그때마다 만나 뵙지 못했소. 가기 전에 이 몸의 천한 이름을 써서 남겼는데, 선생은 혹 그걸 읽어 보셨소?"

공명이 말한다.

"남양南陽의 들사람은 성정이 어리석어 장군의 귀한 행차를 몇 번이나 맞을 수 없었습니다. 부끄럽기 그지없습니다."

인사를 마친 두 사람은 주인과 손님의 자리로 앉았다. 동자가 올린 차를 다 마시자, 공명이 말한다.

"남기신 글을 보고 장군의 나라와 백성을 근심하는 마음을 충분히 짐작했습니다만, 한스럽게도 저는 나이도 어리고 재주도 없사와 물으신 뜻을 감당할 수 없나이다."

현덕이 말한다.

"사마덕조司馬德操의 칭찬과 서원직徐元直의 추천이 어찌 거짓말이겠소? 선생은 나를 비천하다 여기지 말고 가르쳐 주시오."

공명이 대답한다.

"수경선생과 원직은 세상에 이름 높은 선비요, 저는 일개 농부에 불과합니다. 어찌 감히 천하의 대사를 논할 수 있겠습니까? 장군께서는 어찌하여 아름다운 옥을 버리고서 보잘것없는 돌을 구하려 하십니까?"

현덕이 말한다.

"대장부가 세상을 다스릴 재주를 품고 어찌 산림에 숨어 있을 요량이시오? 바라건대 선생은 천하의 백성들을 생각하시어 나에게 가르침을 주시오."

공명은 웃으며 묻는다.

"장군의 뜻을 듣고자 합니다."

2-10.
유비, 제갈공명을 얻다

공명은 동자를 시켜 그림 족자를 꺼내 중당에 걸게
했다. 그러고는 그림을 가리키며 현덕에게 말한다.

"이것은 서천西川 54주를 그린 지도입니다. 장군께서
패업霸業을 이루시려면, 하늘의 때[天時]를 얻은 조조
에게 북쪽은 양보하시고, 지형적 이점[地利]을 차지한
손권에게 남쪽을 양보하십시오. 장군께서는 인심[人
和]을 얻어 먼저 형주荊州를 차지하여 집으로 삼은 뒤
에 서천을 손에 넣어 나라의 기업을 세우십시오. 그
렇게 세 발 솥[鼎]의 형세를 이룬 다음에야 중원을 도
모하실 수 있습니다."

이 말을 들은 현덕은 자리에서 일어나 두 손을 맞잡
고 절을 한다.

"선생의 말씀을 들으니 풀로 가로막혔던 길이 확 열

리고 안개와 구름이 걷혀 비로소 푸른 하늘을 본 듯하오. 허나 형주의 유표와 익주의 유장은 모두 같은 황실의 종친인데 어찌 제가 그들의 땅을 빼앗을 수 있겠소?"

공명이 대답한다.

"제가 지난밤에 천문을 살펴보니 유표는 머지않아 인간 세상을 떠날 것입니다. 유장은 대업을 이룰 자가 아니므로 머지않아 그들의 땅이 장군께 들어올 것입니다."

현덕은 그 말을 듣고 머리를 조아리며 고마움을 표했다. 이는 초가집을 나서기 전, 공명이 천하가 셋으로 나누어질 것을 미리 예언한 것이다. 참으로 공명의 지혜는 만고에 견줄 데가 없을 정도다.

현덕은 공명에게 절하며 다시 청하면서 말한다.

"내 비록 명성이 미미하고 덕도 부족하지만, 바라건대 선생은 부디 나를 버리지 마시오. 산을 나와 도와주시오. 무엇이든 지시하는 대로 따르겠소이다."

"저는 농사일을 낙으로 삼은 지 오래되었기에 세상 일에 발 빠르게 응할 수 없습니다. 그러하니 명을 받잡을 수 없습니다."

현덕이 울면서 말하는구나.

"선생이 나오지 않는다면 천하의 백성들은 어찌하란

말이오?"

말을 마치자, 쏟아지는 눈물에 도포 소매와 옷깃이 온통 다 젖을 정도였다. 공명은 그 뜻이 너무나도 진실하고 간곡하여, 마침내 이렇게 답한다.

"장군께서 저를 버리지 않으신다면 견마지로犬馬之勞를 다하겠습니다."

현덕은 매우 기뻐하며 관우와 장비를 즉시 불러들여 공명에게 절을 올리게 하고 황금과 비단 등 예물을 바쳤다.

이튿날, 공명은 집을 나서며 동생 균均을 불러 조용히 당부한다.

"나는 유황숙께서 세 번이나 찾아주신 은혜를 저버릴 수 없어 나가게 되었다. 너는 여기서 집안을 잘 보살피되 논밭을 내버려 두지 말아라. 내 공을 이룬 다음에 돌아올 것이야."

동생과 작별을 마친 공명은 현덕과 함께 신야新野로 갔다. 현덕은 공명을 스승 모시듯 대했으니, 같은 탁자에서 밥을 먹고 같은 침상에서 잠을 자며 종일토록 천하의 일을 논의했다.

낭송Q시리즈 남주작
낭송 삼국지

3부
별별 재주와 사건

3-1.
여포의 활솜씨

"여봐라, 내 화극을 가져오너라!"

여포가 화극을 손에 잡자 기령紀靈과 현덕의 낯빛이 변했다. 여포가 말한다. "내가 당신들에게 싸우지 말라고 권하는 것은 하늘이 명한 것이오."

말을 마친 여포는 측근에게 화극을 건네주며 멀찍이 원문 밖에 가져다 꽂아 놓게 했다. 그러고는 기령과 현덕을 둘러보며 말한다.

"원문은 여기에서 백오십 보 떨어져 있소. 내가 활을 쏘아 한 번에 화극의 작은 가지를 맞추면 당신들 두 사람은 군사를 물리시오. 내가 맞추지 못하면 각자 영채로 돌아가서 알아서들 싸우시오. 그러나 내 말에 따르지 않는 사람이 있다면 나는 그 반대쪽과 협력해서 그를 막겠소."

기령은 속으로 생각한다.

'화극은 백오십 보 밖에 있는데 어찌 맞추겠는가? 우선은 응낙하자. 맞추지 못하면 내 맘대로 싸우리라.'

그래서 즉시 한마디로 허락했다. 현덕이야 애초부터 마다할 리 없었다. 여포는 모두를 자리에 앉히고 술을 한 잔씩 더 들게 했다. 술이 끝나자 여포는 활과 화살을 가져오게 했다. 현덕은 남몰래 빈다.

'제발 저 사람의 화살이 명중하기를!'

여포는 전포의 소매를 걷어 올리고 화살을 시위에 먹이고 팽팽히 잡아당겼다. 그러고는 한순간 외마디 소리를 지른다. "맞아라!"

가득 당겨진 활은 가을달이 움직이는 모습 같고, 빛처럼 날아가는 화살은 유성이 떨어지는 것 같았다. 화살은 곧바로 날아가서 정확히 화극의 작은 가지를 맞추었다. 군막에 있던 장수들이 일제히 환성을 지르며 갈채를 터뜨렸다. 여포는 호탕하게 웃으며 활을 땅에 내던지고 기령과 현덕의 손을 덥석 잡으며 말한다. "이것은 하늘이 당신네 두 사람에게 군사를 물리라고 명령하는 것이오."

그러고는 병사들에게 호령한다.

"술을 부어 오너라! 각자 큰 잔으로 한 잔씩 마셔야겠다."

3-2.
초선의 미인계

하루는 여포가 동탁이 아프다는 말에 병문안을 왔다. 마침 동탁은 낮잠을 자고 있었다. 초선貂蟬은 동탁의 침상 뒤에서 몸을 반쯤 내밀고 있었다. 여포를 보더니 손가락으로 자기 가슴을 가리키다가 다시 잠든 동탁을 가리키며 쉬지 않고 눈물을 흘렸다. 이를 본 여포는 가슴이 찢어질 것만 같았다. 동탁은 잠결에 게슴츠레 실눈을 뜨고 여포가 침상 뒤를 뚫어지게 보고 있는 모습을 보았다. 몸을 돌려 뒤를 보니, 초선이 바로 침상 뒤에 서 있지 않은가! 동탁은 일어나 여포를 크게 꾸짖는다.

"네가 감히 내 애희를 희롱하느냐!"

좌우의 무사를 불러 여포를 밖으로 몰아내게 했다.

"이후로는 본채로 들어오지 말아라!"

쫓겨난 여포는 원한을 품고 돌아가다가, 도중에 이유를 만나 그에게 자초지종을 털어놓았다. 이유는 급히 동탁을 만나 아뢴다.

"태사께서는 장차 천하를 취하려 하시면서 어찌하여 여포의 조그만 과실을 과도하게 질책하셨습니까? 그가 변심하면 대사는 끝이옵니다."

"그럼 어찌하면 좋겠느냐?"

"내일 아침 여포를 불러서 황금과 비단을 내리시며 좋은 말씀으로 위로하시지요. 그러면 자연 별일 없을 겁니다."

동탁은 이유의 말에 고개를 끄덕였다.

이튿날 동탁은 사람을 보내 여포를 본채로 불러들이고 좋은 말로 위로한다.

"어제는 내가 병중이라 심신이 어지러워 심한 말로 너의 마음을 상하게 했다. 어제 일은 털어 버려라."

위로한 뒤에 황금 열 근과 비단 스무 필을 하사했다. 여포는 감사의 인사를 올리고 돌아갔다. 이리하여 다시 동탁을 좌우에서 모시게 됐으나 마음은 늘 초선 생각뿐이었다.

여포는 국사를 논의하러 간 동탁의 뒤를 따라서 화극을 들고 궐내로 들어갔다. 동탁이 헌제와 이야기를 나누는 틈에 여포는 내문을 나서서 곧바로 말에 올라 승상부로 달려갔다. 집 앞에 말을 매어 놓고 그는 화극을 든 채 후당으로 들어가서 초선을 찾았다. 초선이 속삭인다.

"후원 봉의정鳳儀亭 옆에서 기다리고 계세요."

여포는 곧장 후원으로 들어가 정자 아래 휘어진 난간 곁에서 기다렸다. 한참이 지나서야 초선이 꽃나무를 헤치고 버들가지를 쳐들며 앞으로 나왔다. 그 아리따운 자태야말로 월궁의 선녀 그대로였다. 초선이 눈물을 흘리며 하소연을 한다.

"제 비록 왕윤 대감의 친딸은 아니지만 대인께선 친딸같이 대해 주셨어요. 장군의 처첩이 된다기에 평생의 소원이 이루어졌다고 기뻐했지요. 그런데 동태사께서 옳지 않은 마음으로 제 몸을 더럽힐 줄이야 누가 생각이나 했겠어요? 첩은 당장에 죽어 버리지 못한 게 한스러웠지만, 장군을 한번 뵙고 작별의 말씀이나마 드리고자 오늘까지 욕을 참고 살아왔습니다. 이제 다행히 만나 뵈었으니 제 소원은 다 풀렸습니다! 이 몸은 이미 더럽혀진 몸이니 다시는 영웅을 섬길 수 없습니다. 차라리 낭군님 앞에서 목숨을 끊어 첩의 뜻이나 밝히겠어요!"

말을 마친 초선은 휘어진 난간을 잡더니 그대로 연꽃 연못으로 뛰어들려고 했다. 여포는 황급히 달려들어

초선을 껴안고 눈물을 흘리며 말한다.

"나도 네 마음을 안 지 오래되었으나, 함께 이야기를 나눌 기회가 없었구나!"

"첩은 금생엔 장군님의 아내가 될 수 없을 것 같으니 내생에서나마 서로 부부가 되고 싶사옵니다."

"내 금생에 너를 아내로 맞아들이지 못한다면 결코 영웅이라 할 수 없다!"

"첩은 하루가 1년 같으니 장군께서는 저를 불쌍히 여기시어 하루 빨리 구해 주소서."

"내 지금 기회를 타서 몰래 빠져나온 길이라 혹시 늙은 역적이 의심이나 하지 않을까 걱정이다. 오늘은 속히 가 보아야겠다."

초선은 그의 옷자락을 잡아끌며 말한다.

"장군이 이처럼 늙은 역적을 두려워하시니 첩의 몸은 햇빛 볼 날을 기약할 수 없겠군요!"

3-3.
자기 눈알을 먹은 하후돈

하후돈夏候惇은 군사들을 이끌고 전진하다가 고순高順의 군사와 맞닥뜨렸다. 하후돈은 창을 들고 말을 몰아 싸움을 걸었다. 고순이 마주 덤벼들었다. 두 필의 말이 서로 어우러져 싸운 지 사오십여 합이 지나자 마침내 당해 내지 못한 고순이 자기네 진으로 달아났다. 하후돈이 말을 달려 뒤를 쫓자 고순은 진을 감싸고 돌며 달아났다. 하후돈은 놓칠세라 추격했다. 이때 진 안에 있던 조성曹性이 그 광경을 보고 몰래 활에다 살을 먹였다. 실눈을 뜨고 잔뜩 겨누었다 날린 화살은 정통으로 하후돈의 왼쪽 눈에 적중했다. 하후돈이 외마디 고함을 지르며 급히 손으로 화살을 뽑았다. 그러나 뜻밖에도 눈알이 함께 뽑혀 나왔다. 하후돈은 큰소리로 부르짖는다.

"아버님의 정기요 어머님의 피니 어찌 버릴 수 있겠는가."

마침내 눈알을 입에 넣더니 그대로 삼켰다. 그러고는 다시 창을 쥐고 말을 달려 조성에게 덤벼들었다. 조성은 미처 막을 새도 없이 날아든 창에 얼굴이 관통되어 그대로 말 아래로 떨어져 죽고 말았다.

3-4.
쌍철극 휘두르며 싸우는 전위

"누가 날 좀 구해다오!"

조조의 이 소리에 대답하듯 기병의 대오에서 한 장수가 불쑥 튀어나왔다. 바로 전위典韋였다. 한 쌍의 철극을 들고 그는 크게 소리친다.

"주공께선 염려하지 마시오!"

전위는 몸을 날려 말에서 내리더니 쌍철극을 땅바닥에 꽂았다. 다시 짧은 극 열 몇 자루를 수중에 꺼내 들더니 뒤따르는 병졸들을 돌아보며 지시한다.

"적이 열 보 거리에 들어오거든 즉시 나에게 알려라!"

그러고는 날아오는 화살을 무릅쓰고 성큼성큼 앞으로 나아갔다. 여포군의 기병 수십 기가 바짝 다가왔다. 병졸이 큰소리로 외친다.

"열 보요!"

전위가 말한다.

"다섯 보 거리에 들거든 나를 불러라!"

병졸이 다시 소리친다.

"다섯 보요!"

전위가 즉시 극을 날렸다. 극 한 자루에 한 명씩 말에서 떨어지는데 단 한 차례도 빗나가지 않았다. 삽시간에 십여 명이 죽었다. 남은 무리들은 모조리 달아났다. 전위는 다시 몸을 날려 말에 오르더니 한 쌍의 철극을 쥐고 적진을 향해 돌격해 들어갔다.

3-5.
전풍의 어떤 죽음

"전풍田豊 나리께 축하를 올립니다."

전풍이 되묻는다.

"무슨 기쁜 일이 있다고 축하를 하는 것이냐?"

옥리가 말한다.

"원소 장군께서 크게 패하여 돌아오신다니, 공은 반드시 중용되실 것입니다."

전풍이 웃으며 대꾸한다.

"나는 이제 죽게 되었구나!"

옥리가 묻는다.

"사람들은 모두 공을 위해 기뻐하는데, 공께선 어찌하여 죽는다고 하십니까?"

전풍이 대답한다.

"원장군은 겉으로는 관대한 것 같으나 속으로는 시

기가 많고 사람의 진심을 알아볼 줄 모르시는 분일세. 이번 전쟁에서 이겼다면 기분이 좋아서 나를 사면할 수도 있었을 테지만 패했으니 부끄러워하고 계실 것이네. 그리되면 나는 살아날 가망이 없는 거지."

옥리는 그 말을 믿을 수 없었다. 그때 검을 쥔 사자가 원소의 명을 전하고 전풍의 목을 치려고 했다. 옥리는 그제야 깜짝 놀란다. 전풍이 말한다.

"내 죽을 것을 진작부터 알고 있었소."

이 말을 들은 옥리들은 모두 눈물을 흘렸다. 전풍이 다시 말한다.

"대장부로 천지간에 태어나 옳은 주인을 가려 섬기지 못했으니, 이는 슬기가 없었던 것. 오늘 죽음을 받은들 무엇이 아까우랴!"

마침내 전풍은 옥중에서 스스로 목을 베어 죽었다.

3-6.
신야성을 탈출하는 현덕

"속히 번성樊城을 버리고 양양襄陽을 빼앗아 잠시 쉬
도록 하십시오."

현덕이 말한다.

"허나, 백성들이 나를 따른 지 오래인데 차마 저들을
어찌 버린단 말이오?"

공명이 말한다.

"따르기를 원하는 자는 함께 가되 원하지 않는 자는
그대로 남으라고 백성들에게 두루 알리십시오."

그래서 관운장에게는 강변에 가서 선박들을 정비하
게 하는 한편 손건孫乾과 간옹簡雍에게는 성안에서 백
성들에게 알리라고 했다.

"금방 조조의 군사가 닥칠 것이다. 포위당한 성은 오
래 지킬 수 없으니, 원하는 사람들은 함께 강을 건너

도록 하자."

두 고을의 백성들은 한결같이 소리친다.

"우리는 죽는 한이 있어도 사군을 따르겠소!"

그날로 모두 눈물을 흘리면서 길을 나섰다. 늙은이를 부축하고 어린아이의 손을 잡고 남자를 이끌고 여자를 데리고 우글우글 강을 건너는데, 양편 강기슭에서 나는 울음소리가 그치지 않았다. 배 위에서 이 광경을 보던 현덕이 대성통곡을 한다.

"나 한 사람 때문에 백성들이 이처럼 큰 환란을 겪는 구나. 내가 어찌 살겠는가!"

강물에 몸을 던져 죽으려 하는 걸 좌우에서 급히 말렸다. 이 말을 전해 듣고 통곡하지 않는 자가 없었다. 배가 남쪽 기슭에 닿자, 현덕은 맞은편을 뒤돌아보았다. 미처 건너오지 못한 백성들이 이쪽을 보며 울고 있었다. 현덕은 관운장에게 배를 재촉하여 그들을 건네주라고 명한 다음 비로소 말에 올랐다.

3-7.
조자룡, 필마단기로 어린 주인을 구하다

한편 조자룡은 사경(四更: 새벽 1시에서 3시 사이) 때부터 조조의 군사와 교전을 벌였다. 이쪽에서 칼이 부딪치자 저쪽에서는 창이 부딪쳤다. 날이 밝자, 문득 현덕이 보이지 않았으며, 현덕의 가족도 보이지 않았다. 조자룡은 마음속으로 생각한다.

'주공께서 감부인, 미부인과 아두를 나에게 맡겼는데, 오늘 싸우다가 그만 잃고 말았구나. 내가 무슨 면목으로 주인을 뵐 수 있겠는가! 차라리 죽을 각오로 싸워서 두 부인과 어린 주인을 찾으러 가야겠다.'

이렇게 결심하고 주위를 살펴보았으나, 따르는 군사는 고작 30여 명뿐이었다. 조자룡은 말에 박차를 가하며 전투가 벌어지는 곳으로 뛰어들었다. 신야와 번성 두 마을에서 따라온 백성들의 울부짖는 소리가 천지에 진동했다. 화살에 맞고 창에 찔리고, 가족을 버리고 도망가는 자의 수가 이루 헤아릴 수 없을 정도였다.

조자룡이 한창 달리고 있을 때, 갑자기 백성들이 함성을 지르더니 사방으로 흩어져 달아났다. 조자룡이 창을 뽑아들고 앞으로 나가 보니, 한 떼의 적군이 포로를 잡고서 이쪽으로 오고 있는 것이었다. 조자룡은 즉시 창을 높이 들고 말을 달려 싸웠다. 적군 속으로 들어가 마구 무찔렀다. 홀연히 뒤를 돌아보니 거느리고 온 수하가 하나도 보이지 않았다. 있는 거라곤 오로지 자신의 몸뚱이뿐. 그럼에도 조자룡은 조금도 물러나지 않았다. 이리저리 미부인을 찾아다니며 백성들을 만날 때마다 그 소식을 물었다. 그러던 차에 한 사람이 손가락을 들어 가리키며 일러 준다.

"부인께서는 어린아이를 안고 계셨어요. 왼쪽 다리를 창에 찔려 걷지 못하게 되셨는지, 저 앞 무너진 담 안에 앉아 계셨어요."

조자룡은 그 말을 듣고 부랴부랴 그곳으로 찾아갔다. 과연 불에 타서 토담이 무너진 인가가 하나 있었다. 미부인은 아두를 품에 안고 담장 밑 물이 말라붙은 우물가에 앉아서 훌쩍이고 있었다. 조자룡은 말에서 구르듯이 내려와 미부인에게 절했다. 부인이 말한다.

"장군을 만났으니 이제 아두는 살았습니다. 부디 장군께선 이 아이의 부친이 반평생을 떠돌아다니느라 혈육이 이 아이 하나밖에 없는 것을 가엾게 여겨 주세요. 장군께서 이 아이를 잘 보호하여 부친의 얼굴이라도 보게 해주신다면 첩은 죽어도 여한이 없겠습니다!"

조자룡이 대답한다.

"부인께서 이런 고난을 겪으시는 것도 다 저의 잘못입니다. 여러 말씀 마시고 어서 말에 오르십시오. 제가 목숨을 걸고 포위망을 뚫겠습니다."

미부인은 말한다.

"안 됩니다. 장군에게 어찌 말이 없을 수 있겠습니까? 이 아이는 전적으로 장군의 손에 달렸습니다. 첩은 깊은 상처를 입었기에 죽은들 아쉬울 게 뭐 있겠습니까? 부디 장군은 이 아이를 안고 가세요. 첩이 더 이상 누가 되지 않게 말이에요."

조자룡은 말한다.

"함성이 가까워지는 걸 보아 하니 추격병이 곧 도착하겠습니다. 부인께서는 속히 말에 오르시지요."

미부인은 아두를 조자룡에게 건네주려고 하면서 그에게 말한다.

"이 아이의 목숨은 오로지 장군께 달렸어요!"

조자룡은 연거푸 미부인에게 말에 오르기를 청하였지만, 부인은 끝내 말에 오르지 않았다. 사방에서 또한 차례 함성소리가 들렸다. 조자룡이 엄한 소리로 말한다.

"부인께서 제 말을 듣지 않으시는데, 추격병이 들이닥친다면 어떻게 하오리까?"

미부인은 아두를 땅에 내려놓고, 몸을 돌려 우물로 뛰어들어 죽었다. 미부인이 죽은 것을 본 조자룡은 조조의 군사가 시신을 훔치지나 않을까 염려하여 토담을 넘어뜨려 우물을 덮었다. 그런 뒤 갑옷 끈을 끌러 엄심갑掩心甲:방탄복을 떼서 아두를 가슴에 품은 채 창을 단단히 잡고 말에 올랐다. 어느새 적장 한 명이 보병 부대를 이끌고 들이닥쳤다. 그는 칼을 휘두르며 조자룡에게 덤벼들었지만, 불과 세 합을 넘기지 못하고 조자룡의 창에 거꾸러졌다. 조자룡은 군사들 사이로 길을 뚫고 나갔다.

한창 달려가고 있는데 앞에서 또다시 한 떼의 군사가 길을 가로막았다. 조자룡은 말도 없이 그저 창을 휘두르며 전진했다. 창과 칼이 10여 합 부딪치더니, 더 이상 싸울 마음이 없어진 조자룡은 적장을 등 뒤에 두고 말을 채찍질하며 그대로 내달렸다. 그런데 뜻밖에도 '와르르!' 하는 소리와 함께 말과 사람이 한꺼번에 흙구덩이 속으로 빠지는 게 아닌가! 적장이 창을 쥐고 조자룡을 내리 찌르려 할 때, 갑자기 구덩이로부터 한줄기 붉은 광채가 솟구쳤다. 조자룡을 태운 말이 공중으로 도약하며 흙구덩이 밖으로 불쑥 뛰쳐나왔다.

3-8.
장비의 사자후에 추풍낙엽처럼 뒹구는 조조의 군사

"장비! 나 좀 도와주게!"

"자룡은 속히 가게. 추격병은 내가 막겠네."

조자룡은 그대로 말을 달려 장판교長坂橋를 건넜다. 20여 리쯤 가자 현덕이 여러 사람과 함께 나무 아래서 쉬고 있는 모습이 보였다. 조자룡은 말에서 구르듯이 내려와 땅에 엎드리며 울음을 터뜨렸다. 현덕도 같이 울었다. 조자룡은 가쁜 숨을 몰아쉬며 현덕에게 말한다.

"저의 죄를 천만 번 죽는다고 어찌 갚겠습니까? 중상을 입으신 미부인께서는 말에 오르지 않고 우물에 몸을 던져 자진하셨습니다. 저는 하는 수 없이 토담을 밀어 우물을 덮고, 공자를 안고 포위망으로 돌진했습니다. 다행히 주공의 홍복에 힘입어 포위망을 뚫을 수 있었습니다. 조금 전까지도 공자께서는 품속에서 울고 계셨는데 지금 아무런 기척도 없으시니 어쩌면 목숨을 보전하지 못하신 것 같습니다."

즉시 갑옷을 헤쳐서 보니 아두는 잠에 빠져 있었다. 조자룡은 기쁨에 넘쳐 소리친다.

"다행히 공자님께서는 무탈하십니다!"

조자룡은 두 손으로 아두를 받들어 현덕에게 바쳤다. 현덕은 아이를 받더니 땅바닥에 내던지며 말한다.

"이까짓 어린놈 하나 때문에 하마터면 나는 장군을 잃을 뻔했구나!"

조자룡은 황망히 땅바닥에 있는 아두를 안아 올리고 눈물을 흘리며 절한다.

"저의 간과 뇌수가 모두 터진다 할지라도 주공의 은혜에 어찌 보답하리오!"

한편 조자룡을 보내고 장판교에서 추격병을 기다리던 장비는 어찌 되었을까. 조조군의 문빙文聘이 조자룡의 뒤를 추격해 장판교에 이르렀다. 그런데 호랑이 수염을 곤두세우고 고리눈을 부릅뜬 장비가 장팔사모를 손에 잡고 다리 위에 말을 세운 채 기다리고 있는 게 아닌가. 더욱이 다리 동쪽 숲에서는 먼지가 자욱하게 일어나고 있었으니, 매복이 의심스러웠다. 그래서 문빙은 즉시 군사를 멈추고 감히 접근하지 않았다. 잠시 후 문빙의 뒤를 이어 조인曹仁, 하후돈, 장료, 장합張郃, 허저를 비롯한 장수들이 모두 도착했다.

눈을 부릅뜨고 장팔사모를 비껴 잡은 채 말을 세우고 있는 장비의 모습을 본 그들은 제갈공명이 또 무슨 계책을 꾸민 것은 아닌지 두려워 아무도 감히 접근하지 못했다. 다리 서쪽에 한 일자로 군사를 세우고 사람을 시켜 조조에게 보고했다. 소식을 들은 조조는 급히 말을 타고 장판교로 왔다. 과연 의심이 나서 그가 직접 동정을 살피러 온 것이다. 장비는 즉시 사나운 음성으로 호통을 친다.

"내가 바로 연나라 사람 장익덕이다! 누가 감히 나와 죽음을 걸고 싸워 보겠느냐?"

벼락치는 듯한 목소리에 조조의 군사들은 모두 두 다리가 후들후들 떨렸다. 조조가 급히 좌우를 돌아보며 주의를 주는구나.

"내가 지난날 운장에게서 이런 말을 들었지. '익덕은 백만 군중에서 장군의 머리를 마치 주머니 속에서 물건 꺼내듯 베어 온다'고 말이야. 오늘 이처럼 만났으니 섣불리 대적해서는 안 되네."

말이 미처 끝나기도 전에, 장비는 눈을 부릅뜨고 또다시 호통친다.

"연나라 사람 장익덕이 여기 있다! 누가 감히 나와 결사의 일전을 벌여 보겠느냐?"

장비의 엄청난 기개에 앞으로 나서지 못하는 조조군. 조조는 자못 퇴각할 마음도 있었다. 장비가 조조군의 후위가 동요하는 것을 보고, 장팔사모를 바로 세우고 또다시 호통친다.

"싸우지도 않고 물러서지도 않고, 대체 어쩌자는 말이냐?"

고함 소리가 채 끝나기도 전에, 조조의 곁에 있던 하후걸이 너무 놀란 나머지 간과 쓸개가 파열되어 말에서 거꾸로 떨어지고 말았다. 그러자 조조는 즉시 말 머리를 돌리고 도망쳤다. 이와 동시에 장수와 군졸들도 일제히 서쪽으로 달아났다. 허둥지둥 도망가는 통에 버려진 창과 투구가 헤아릴 수 없을 정도로 많았다. 사람들은 썰물 빠지듯 일제히 달아나고, 말들은 산이 무너지듯 서로 밀치고 짓밟았다.

장비의 위엄에 덜컥 겁이 나서 황급히 말을 몬 조조, 얼마나 정신이 없었던지 관의 비녀가 다 떨어져 머리카락이 다 풀어졌을 정도였다. 장료와 허저가 달려와 말의 굴레를 쥐었을 때에도 조조는 당황해서 어쩔 줄을 몰라했다.

3-9.
좌자의 마법 : 용의 간으로 국을 끓여라!

"그대는 대체 무슨 술법을 가졌기에 이런 경지에 이르렀는가?"

조조의 물음에 좌자左慈가 대답한다.

"빈도는 서천西川 가릉嘉陵의 아미산에서 30년 동안 도를 닦았소이다. 어느 날 석벽 속에서 내 이름을 부르는 소리가 들리기에 돌아보았으나 아무것도 보이지 않았지요. 이런 일이 여러 날 계속되었소. 그러던 어느 날 별안간 하늘에서 벼락 치는 소리가 들리더니 석벽이 무너졌지요. 그 속에 천서 세 권이 있더군요. 『둔갑천서』遁甲天書라는 것이었는데, 그 책 덕분에 구름과 바람을 타고 하늘로 오를 수 있고, 산과 바위를 뚫고 지날 수 있으며, 능히 몸을 감추거나 검을 날릴 수도 있게 되었소. 대왕은 신하로서 가장 높은 곳까지 오르셨으니, 이제는 그만 물러나 빈도와 함께 아미산으로 들어가서 수행하신다면, 제가 그 천서를 가르쳐 드리겠소이다."

조조가 대꾸한다.

"나 역시 급류에 떠다니는 신세라 물러나겠다고 생각한 지는 오래됐소. 허나 후사를 맡을 인물을 아직 얻지 못했소."

조조의 말을 듣고 좌자가 껄껄 웃는다.

"익주의 유현덕은 황실의 후예인데 어째서 그에게 자리를 물려주지 않소? 그에게 물려주지 않는다면 빈도가 검을 날려 그대의 머리를 자르겠소."

크게 화가 난 조조가 버럭 소리를 지른다.

"이놈이 바로 유비의 첩자구나!"

좌우에 있던 부하들을 호령하여 좌자를 체포했다. 하지만 좌자는 웃음을 그치지 않았다. 조조는 옥졸 10여 명에게 명하여 좌자를 고문하게 했다. 옥졸들이 있는 힘을 다해 곤장을 쳤지만 좌자는 아픈 기색은커녕 오히려 쿨쿨 코를 골며 잠을 잤다. 화가 치민 조조가 좌자에게 큰칼을 씌우고 쇠못을 박은 다음, 쇠사슬로 옭아매어 감옥에 가두고는 단단히 지키도록 했다. 그런데 어느 틈엔가 칼과 쇠사슬이 저절로 모두 벗겨져 좌자는 땅바닥에 누웠다. 다친 곳이 한 군데도 없어 보였다. 7일 동안 옥졸들은 마실 것을 전혀 주지 않았다. 그런데 땅바닥에 단정히 앉은 좌자의 얼굴에는 불그레한 생기가 돌았다. 옥졸이 조조에게 이 사실을 보고했다. 조조가 좌자를 끌어내다 물으니, 좌자가 태연히 대답한다.

"나는 수십 년을 먹지 않아도 별 탈이 없고, 하루에 양 1천 마리를 주어도 다 먹어치울 수 있소."

조조는 도무지 어떻게 할 방법이 없었다.

이날 왕궁에서는 관원들이 모두 모인 큰 연회가 벌어졌다. 한창 술을 마시는데 나막신을 신은 좌자가 연회 자리에 나타났다. 관원들이 모두 놀라고 괴이하게 여기자 좌자가 말한다.

"대왕께서 오늘 수륙진미를 갖추고 신하들에게 크게 잔치를 베푸시는데 사방의 진기한 음식들이 참으로 많습니다. 그러나 그중 빠진 게 있다면 빈도가 갖다 드리겠소."

조조가 말한다.

"나는 용의 간으로 끓인 국을 먹고 싶다. 네가 능히 가져올 수 있겠느냐?"

좌자가 답한다.

"어려울 게 없습니다."

좌자는 묵을 가득 머금은 붓을 들더니 회칠한 흰 벽

에 용 한 마리를 그리고, 도포 소매로 슬쩍 한번 훑었
다. 그러자 용의 배가 저절로 갈라졌다. 좌자가 용의
뱃속에서 간을 끄집어내는데 선혈이 주르르 흘렀다.
조조가 믿지 않고, 호통을 친다.

"네가 미리 소매 속에 감추어 가지고 온 게로구나!"

3-10.
조조의 관상을 본 관로

"마을에 소를 잃어버린 늙은 아낙이 관로管輅에게 점을 쳐 달라고 부탁하니, 관로가 이렇게 대답했답니다. '북쪽 시냇가에 일곱 놈이 소를 잡아 삶고 있으니 얼른 가서 찾으시오. 가죽과 고기는 아직 남아 있을 게요'라고 말이죠. 늙은 아낙이 그곳으로 찾아가서 보니, 과연 일곱 놈이 어떤 초가집 뒤편에서 소를 삶아 먹고 있는데 쇠가죽과 고기는 아직 남아 있더랍니다. 그래서 아낙이 태수 유빈劉邠에게 고소하여 일곱 놈을 잡아다가 죄를 다스리게 했죠. 유빈이 늙은 아낙을 보고 묻습니다.

'너는 어떻게 그들이 훔친 것을 알았느냐?'

아낙은 관로의 귀신같은 점술을 이야기했습니다. 그 말을 믿을 수 없었던 유빈은 관로를 불러다가 관인을

넣은 도장주머니와 꿩 털을 합 속에 감추고는 점을
쳐 보라고 했지요. 관로가 첫번째 물건을 두고 점을
치길,

'속은 모나고 밖은 둥근데 오색으로 무늬를 이루고
보배를 머금고 신용을 지키며 나오면 도장이 생기니
이는 도장주머니입니다.'

또 두번째 물건을 두고도 이렇게 점을 쳤습니다.

'바위마다 새가 있는데 비단 몸에 붉은 옷을 입고 날
개는 검고도 누른데 이른 아침이면 어김없이 우니 이
는 꿩의 털입니다.'

이에 유빈이 크게 놀라 그를 상빈으로 대접했다고 합
니다."

이 이야기를 들은 조조는 크게 기뻐하며 즉시 사람을
보내 관로를 불러왔다. 관로가 이르러 조조에게 절을
하자 조조는 좌자의 일을 점치게 한다. 그러자 관로
가 말한다.

"이는 그저 환술일 뿐인데 무엇을 근심하십니까?"
이 말을 들은 조조는 마음이 놓여 점차 병도 나아갔
다. 조조가 천하 대사를 점치게 하니 관로가 말한다.

"삼팔종횡三八縱橫이면 누런 돼지가 호랑이를 만나고
정군定軍 남쪽에서 다리 하나가 부러질 것입니다."
조조가 또 위왕魏王의 자리를 오래 전할 수 있을지 점

을 치게 했다. 점을 친 뒤 관로가 말한다.

"사자궁獅子宮 안에 신위를 모시게 되고 왕도王道가 바뀌니 지손들이 지극히 될 것입니다."

조조는 좀더 자세한 것을 묻지만 관로는 대답을 피한다.

"망망한 하늘의 운수는 미리 다 알 수 없습니다. 뒷날을 기다리시면 자연히 아실 겁니다."

조조가 관로에게 벼슬을 내려 태사로 삼으려 했으나 관로가 사양하며 말한다.

"저는 명이 짧고 상相도 궁하여 그런 직위에 어울리지 않습니다. 그런고로 받을 수가 없습니다."

조조가 그 까닭을 묻는다. 그러자 관로가 답한다.

"저는 이마에는 주골主骨이 없고 눈에는 정기가 모인 수정守睛이 없으며 코에는 기둥이 되는 콧대가 없고 발에는 뒤꿈치가 없습니다. 등에는 삼갑三甲이 없고 배에는 삼임三壬이 없어 그저 태산에서 귀신이나 다스리지 산 사람은 다스릴 수 없습니다."

조조가 또 묻는다.

"내 관상은 어떤가?"

관로가 답한다.

"신하로서 더 이상 오를 수 없는 자리까지 오르셨는데 무슨 관상이 더 필요합니까?"

조조가 두세 번 더 물었으나 관로는 웃기만 할 뿐, 대답하지 않는다. 조조는 다시 문무 관료들의 상까지 두루 보게 하니 관로가 한마디로 대답한다.

"모두가 세상을 다스릴 만한 신하들입니다."

조조가 길흉을 물었으나 관로는 자세한 말을 하지 않았다.

3-11.
자기 재주 믿어 죽음을 맞이한 양수

조조가 사곡斜谷의 경계 지역에 주둔한 지도 여러 날이 흘렀다. 앞으로 나아가자니 마초가 버티고 있고, 군사를 거두자니 촉군이 비웃을까 봐 두려워 머뭇거리며 결단을 내리지 못했다.

때마침 요리사가 닭백숙[鷄湯]을 바쳤다. 조조는 그릇에 담긴 닭갈비[鷄肋계륵]를 보고 속으로 느끼는 바가 있었다. 한창 생각에 잠겨 있는데 하후돈이 막사 안으로 들어와 밤 암호를 정해 달라고 한다. 조조는 입에서 나오는 대로 중얼거린다.

"계륵이야, 계륵!"

하후돈이 관원들에게 명을 전하니 이날 밤의 암호는 '계륵'이었다. 행군주부行軍主簿 양수楊修는 암호가 '계륵' 두 글자란 것을 전해 듣고, 즉시 수행 군졸들에게 행장을 수습하여 돌아갈 채비를 준비시켰다. 누군가가 양수의 행동을 하후돈에게 알리자, 하후돈은 깜짝 놀라서 양수를 군막으로 불러서 묻는다.

"그대는 어째서 행장을 수습하는가?"

양수가 대답한다.

"오늘밤 암호를 보자면 위왕^{조조}께선 며칠 안으로 군사를 물릴 작정이옵니다. 닭갈비란 먹자니 별 맛이 없고 버리자니 아깝습니다. 지금 우리 군사는 나아가도 이길 수 없고 물러서면 남의 비웃음을 살까 두려우니, 여기 눌러 있어 봤자 이로울 게 없습니다. 차라리 일찌감치 돌아가는 것이 낫지요. 위왕께서는 내일 반드시 군사를 물릴 것입니다. 고로 저는 미리 행장을 수습하여 떠날 때 허둥대지 않으려는 것입니다."

하후돈이 감탄한다.

"그대는 참으로 위왕의 폐부를 꿰뚫고 있구려."

하후돈도 행장을 수습했다. 이에 영채의 모든 장수들 중 돌아갈 채비를 하지 않는 자가 없었다. 이날 밤 조조는 마음이 심란하여 잠을 이룰 수 없어 강철 도끼를 들고 혼자서 모든 영채를 돌아보았다. 그런데 하후돈의 영채를 살펴보니 군사들이 모두 행장을 수습하며 돌아갈 준비를 하고 있는 게 아닌가! 크게 놀란 조조가 서둘러 막사로 돌아와서 하후돈을 불러 그 까

닭을 묻는다. 하후돈이 하는 말,

"주부 양수가 대왕이 돌아가실 뜻이 있음을 미리 알고 있더이다."

조조가 양수를 불러 물으니 양수가 '계륵'의 뜻을 풀어 대답했다. 조조는 머리끝까지 화가 치밀었다.

"네 어찌 감히 쓸데없는 말을 지어내어 우리 군사들의 마음을 어지럽힌단 말이냐?"

조조는 즉시 도수부들에게 호령하여 양수를 끌어내 목을 치게 했다. 그리고 그 수급을 원문 밖에 내걸어 뭇사람들에게 보였다.

원래 양수의 사람됨이 자기 재주만 믿고 거침없이 행동하여 여러 차례 조조의 비위를 거스른 일이 있다. 일찍이 조조가 화원을 하나 만들게 했다. 화원이 완성되자 조조가 와서 둘러보고는 좋다, 나쁘다는 말도 하지 않고 그저 붓을 들어 문 위에 '활'闊자 한 자만 써놓고 갔다. 사람들은 모두 그 뜻을 몰랐는데, 양수가 말한다.

"'문'門 안에 '활'活 자를 넣으면 넓을 '활'闊이 되지요. 승상께선 화원의 문이 너무 넓은 게 싫으신 것이오."

그래서 담을 다시 쌓고 문을 고친 다음, 조조를 다시 청했다. 화원을 본 조조가 대단히 기뻐하며,

"누가 나의 뜻을 알았는가?"

좌우의 측근들이 대답한다.

"양수입니다."

조조는 비록 칭찬을 했지만 맘속으로는 양수를 몹시 시기했다.

또 하루는 북쪽 변방에서 '수'酥: 치즈로 만든 떠먹는 과자 한 상자를 보내왔다. 조조가 뚜껑에 손수 '일합수'一盒酥 석 자를 써서 상에 놓아두었다. 양수가 들어와 이것을 보더니, 숟가락으로 떠서 여러 사람과 나눠 먹었다. 조조가 그 까닭을 묻자 양수가 대답한다.

"뚜껑에 분명히 '한 사람이 한 입씩 수를 먹으라'[一人一口酥]고 적혀 있길래, 한 사람마다 한 입씩 먹었습니다. 어찌 승상의 뜻을 어기겠나이까?"

조조는 비록 기쁜 얼굴로 웃어넘겼지만 속으로는 양수를 미워했다.

3-12.
관우를 고친 화타의 신술

"너희들은 무슨 일로 왔느냐?"

"저희들은 군후께서 오른팔을 다치셨기에 이대로 적과 맞서다가 상처가 덧나기라도 하면 적을 무찌르는데 불편하실까 걱정되옵니다. 잠시 형주로 돌아가 조리하시는 게 좋겠사옵니다."

이 말을 들은 관공은 버럭 화를 낸다.

"번성 함락이 바로 목전이로되, 번성을 빼앗으면 당장에 진군하여 허도까지 밀고 들어갈 것이고, 역적 조조를 섬멸하여 한실을 안정시킬 것이다. 그런데 어찌 이 조그만 상처 때문에 대사를 그르치려 한단 말이냐? 너희들이 감히 우리 군사의 사기를 꺾을 작정이냐!"

관평과 장수들은 아무 말도 못하고 물러나왔다. 장수

들은 관공이 군사를 물릴 뜻이 없음을 알고, 또 상처가 낫지 않은 것을 보고 사방으로 명의를 찾아다녔다. 그러던 어느 날 한 사람이 강동에서 작은 배를 타고 오더니 곧바로 영채에 이르렀다. 하급 장교가 그를 관평에게 안내했는데, 그는 네모난 수건을 쓰고 품이 넓은 옷을 입고 팔에는 푸른 주머니를 걸고 있었다. 그 사람이 자기 소개를 한다.

"나는 패국沛國 초군譙郡 사람으로 화타華陀라고 하오. 천하의 영웅이신 관장군이 이번에 독화살을 맞으셨다는 말을 듣고 치료하러 왔소이다."

관평이 묻는다. "혹시 지난날 동오의 장수 주태周泰를 치료하신 분이 아니시오?"

화타가 답한다. "그렇소이다."

관평은 크게 기뻐하며 즉시 장수들과 함께 화타를 데리고 군막으로 들어갔다. 이때 관공은 팔이 아팠으나 군심을 염려하여 내색하지 않았다. 달리 소일거리가 없었던 차에 그는 마량馬良과 바둑을 두고 있었다. 그는 의원이 왔다는 말을 듣고 즉시 불러들였다. 인사를 마친 다음 자리를 권하고 차를 대접했다. 화타가 팔을 보여 달라고 청하니, 관공은 웃옷을 벗고 팔뚝을 쭉 뻗어 보여 주었다. 화타가 말한다.

"이것은 쇠뇌 살에 다친 상처로군요. 살촉에 묻은 오

두鳥頭 독이 뼛속까지 스며들었기로, 속히 치료하지 않으면 이 팔은 못 쓰게 될 것입니다."

관공이 묻는다.

"어떻게 고치면 되겠소?"

"제게 고칠 방법이 있습니다만, 군후께서 두려워하실까 염려됩니다."

관공이 웃으면서 말한다.

"나는 죽음을 집으로 돌아가는 것처럼 생각하는 자요. 내가 무엇을 두려워하겠소?"

화타가 치료방법을 설명한다.

"조용한 곳에 기둥을 세우고 거기에 큼직한 쇠고리를 박습니다. 청컨대 군후께서 그 쇠고리에 팔을 끼우시면 밧줄로 단단히 붙들어 맵니다. 군후의 얼굴을 베로 가린 다음 제가 뾰족한 칼로 살을 갈라 뼈까지 드러내게 하여 뼈에 퍼진 독기를 긁어냅니다. 그 자리에 약을 붙이고 실로 그 상처를 꿰매면 무사할 것입니다. 다만 군후께서 두려워하실까 걱정입니다."

관공이 웃으며 말한다.

"이처럼 쉬운 일이라면, 기둥이나 쇠고리를 쓸 이유가 없소."

그러고는 주안상을 차리게 하여 화타를 대접했다. 관공은 술을 몇 잔 마시고 마량과 바둑을 두면서 팔을 내밀어 화타의 치료를 받았다. 화타는 날카로운 칼을 쥐고 소교小校를 시켜 팔 아래에 큰 그릇을 받쳐 피를 받으라고 한다.

"이제 제가 손을 쓸 것이오니, 군후께서는 놀라지 마십시오."

"마음대로 치료하시오. 내 어찌 세상의 속된 무리처럼 아픈 것을 두려워하겠소?"

화타는 상처에 칼을 대고 살을 갈라 뼈를 살펴본즉, 뼈는 이미 시퍼렇게 변해 있었다. 화타가 칼로 뼈를 갉아 내자 사각사각 소리가 났다. 막사 안팎에서 보고 있던 사람들은 모두 낯을 가리고 하얗게 질렸다. 그러나 관공은 술을 마시고 안주를 먹으며 담소하면서 태연히 바둑을 두었다. 전혀 아파하는 기색이 없었다.

잠깐 사이에 밑에 바친 그릇은 흘러내린 피로 가득 찼다. 화타는 뼈에 스민 독을 말끔하게 긁어내고, 그 위에 약을 바르고 상처를 실로 봉합했다. 관공은 껄껄 웃으며 자리에서 일어나 장수들에게 말한다.

"이 팔이 전처럼 움직이고 또한 통증도 깨끗이 사라졌으니, 선생은 참으로 신의神醫로세!"

화타도 감탄하길, "저도 한평생 의원 노릇을 하였지만, 오늘 같은 일은 처음입니다. 군후께서는 참으로 천신天神이십니다!"

3-13.
조식, 일곱 걸음 안에 시를 짓다

"사람들 말이 자건조식은 입만 열면 훌륭한 문장이 줄 줄 나온다고 하지만, 저는 그 말을 곧이곧대로 믿지 못하겠나이다. 주상께서 불러들여 재주를 한번 시험해 보소서. 그래서 만약 문장을 짓지 못하면 그를 죽이시고 소문대로 잘 한다면 벼슬을 깎아 천하 문인들의 입을 막아 버리십시오."

조비曹조는 화흠華歆의 말대로 하기로 했다. 얼마 뒤 조식曹植이 들어와 알현한다. 그는 두려워 어쩔 줄 모르면서 땅바닥에 엎드려 절을 하며 벌을 청한다. 조비가 말한다.

"나와 너는 정으로는 형제지간이나 의리로 본다면 군신지간이다. 그런데 너는 어찌 감히 재주를 믿고 예의를 우습게 안단 말이냐? 선군조조께서 살아 계실 때 너는 종종 문장으로 사람들에게 으스대곤 했는데, 나는 네가 틀림없이 다른 사람에게 대신 글을 짓게 했을 거라고 생각했다. 내가 지금 너에게 시간을 줄 터이니 일곱 걸음을 걷는 동안 시 한 수를 읊어라. 시를 지으면 내 너를 사면할 터이고, 그렇지 못하면 중죄로 다스리겠다!"

조식이 대답한다.

"시제를 내려주시기 바랍니다."

조비가 말한다.

"나와 너는 형제이다. 바로 이를 시제로 삼되 시구에 '형제'라는 글자가 들어가지 않도록 해라."

조식은 아예 생각할 필요도 없다는 듯 즉각 시 한 수를 읊는다.

콩을 삶는데 콩깍지로 불을 때니,
콩은 가마솥 속에서 울고 있구나.
본래 같은 뿌리에서 생겨났거늘,
어찌 이다지도 급하게 볶아 내는가!

낭송Q시리즈 남주작
낭송 삼국지

4부
별들의 전쟁(1) : 적벽대전

4-1.
주유를 부추기는 제갈공명

"조조가 천자의 이름을 내세우고 있으니 그의 군대에 항거할 수 없소. 더욱이 그 형세가 워낙 크니 경솔하게 대적하기도 어렵지요. 싸우면 반드시 패할 것이니 항복하면 안전할 터. 내 뜻은 이미 결정되었소. 내일 주공을 뵙고 항복을 권유할 작정이오."

노숙魯肅은 주유周瑜의 이 말에 소스라치게 놀란다.

"장군은 어찌 그런 말씀을 하시오! 이미 3대를 이어온 우리 강동의 기업을 하루아침에 버리려 하시다니요! 바깥일은 장군에게 부탁하라고 손백부孫策께서 유언까지 남기셨는데, 지금 장군은 어찌 저 겁 많은 자들의 의견을 쫓으려고 하십니까?"

주유가 응수한다.

"강동 여섯 군에는 수많은 생령이 있소. 만약 난리를

만나 참혹한 화를 입는 날에는 반드시 나에게 원망이 돌아올 것이오. 그래서 항복하려는 것이오."

"그렇지 않소이다. 동오에는 장군 같은 영웅이 있고 험준하고 튼튼한 지세가 있는 이상 조조도 반드시 그 뜻을 이루지는 못할 것이외다."

이렇듯 두 사람이 언쟁을 벌이고 있는데 공명은 팔짱을 끼고 차갑게 웃고만 있다. 그 모습을 본 주유가 말한다.

"공명 선생은 어이하여 비웃고만 계시오?"

"자경노숙이 도무지 세상 돌아가는 형편을 모르시기에 웃음이 나왔습니다."

"아니, 공명 선생은 어째서 나더러 세상 돌아가는 형편을 모른다 하는 거요?"

공명이 주유 편을 들어 말한다.

"조조에게 항복하려는 공근주유의 생각은 지극히 이치에 합당하오."

주유도 맞장구를 치며 이렇게 거든다.

"공명은 천하의 대세를 잘 아시는 분이니 필시 나와 같은 마음인 게로군."

노숙은 마음이 언짢아졌다.

"공명, 그대조차 이런 말을 한단 말이오?"

공명은 노숙의 말에는 아랑곳하지 않고 주유를 보고

말한다.

"조조는 군사를 지극히 잘 부리는지라 천하에 감히 맞설 자가 없지요. 지난날 감히 맞서 대적할 만한 인물로 여포, 원소, 원술, 유표 등이 있었을 뿐, 이제는 그 몇 사람마저 조조에게 멸망당하여 천하에는 적수가 없게 되었지요. 유독 유예주^{유현덕}만이 세상 돌아가는 형편을 모르시고 억지로 그와 다투다가 지금 아주 고단한 신세가 되어 그 생존을 보장하기도 어려운 형편입니다. 장군께선 조조에게 항복하기로 결정하셨으니 처자를 보전할 수 있고 부귀도 온전히 누릴 수 있겠지요. 그까짓 나라의 정권이 바뀌는 것쯤이야 천명에 맡기면 그만일 터 무엇이 애석하겠소?"

크게 노한 노숙이 끝내 큰소리를 버럭 지른다.

"우리 주인더러 국적에게 무릎을 꿇고 치욕을 당하라는 말이오!"

공명이 다시 입을 연다.

"제게 계책이 하나 있사온데, 결코 양을 끌고 술동이를 짊어지고 가서 국토와 인수를 바치는 수고를 할 필요도 없는 일이지요. 또한 친히 강을 건널 필요도 없이 그저 사자 한 명과 일엽편주에 사람 둘만 실어 장강으로 떠나보내면 그만입니다. 이 두 사람만 얻으면 조조는 수하 백만 군사의 갑옷을 벗기고 깃발을 둘둘 말아 들게 하고 그대로 물러갈 것입니다."

"그 둘이 누구요? 누구길래 조조의 군사를 물리칠 수 있단 말이오?"

공명이 뜸을 들이며 말을 잇는구나.

"강동에서 이 두 사람을 보내는 것은 아름드리나무에서 잎사귀 하나 덜어내는 격이요, 커다란 창고에서 좁쌀 한 알을 덜어내는 일이지요. 그러나 조조가 이 둘을 얻으면 반드시 크게 기뻐하며 물러갈 것이오."

주유가 다시 묻는다.

"도대체 그 둘이 누구요?"

4-2.
조조의 진영에 까마귀가 나네

조조가 한창 웃고 떠들며 이야기하고 있을 때였다.
별안간 까마귀가 남쪽으로 날아가며 운다.

"저 까마귀는 어찌하여 밤에 우는가?"

조조가 이렇게 묻자 측근의 장수들이 대답한다.

"달이 너무 밝아 까마귀가 날이 샌 줄 착각하고 나무
를 떠나며 우는 것입니다."

조조는 또 한 번 껄껄 웃었다. 이때 이미 취한 조조는
삭(鑠: 긴 창)을 들고 뱃머리에 우뚝 서서 강물에 술을 뿌
려 신에게 고한 다음 술 석 잔을 가득히 따라 마셨다.
그러고는 삭을 비스듬히 들고 여러 장수들에게 이렇
게 말한다.

"나는 이 삭을 들고 황건적을 깨트리고 여포를 사로
잡고 원술을 멸하고 원소를 굴복시켰지. 북쪽 변경의

요동 깊은 곳까지 천하를 종횡했으니 이만하면 자못 대장부의 뜻을 폈다고 할 수 있으리. 지금 이 경치를 대하고 보니 감정이 북받치는구나. 내 지금 노래를 지어 부를 터이니 그대들은 화답하라."

그러면서 조조가 노래를 부르는구나.

"술을 마주하고 노래하나니, 우리 인생 얼마나 되랴. 비유컨대 아침이슬이라, 지나간 날은 괴롭구나. 슬프구나 슬프구나, 근심 걱정 못 잊겠네. 무엇으로 이 시름을 풀거나, 오직 술이 있을 뿐이로다.

푸르고 푸른 옷깃의 선비들을 생각하니, 느긋해지는구나, 나의 마음이여. 오직 그대를 생각하면서, 지금도 나직이 읊조리는도다. 메에 메에 우는 사슴, 들판의 쑥을 뜯는구나. 나에게 아름다운 손님이 있어, 비파 뜯고 생황 부노라.

희고 밝은 달처럼, 어느 때나 그치려나. 가슴속에 일어나는 근심, 끊어 버릴 수가 없네. 논길 넘고 밭길 건너, 서로 만나 인사하네. 오랜만에 회포 푸니, 옛정이 새롭네.

달은 밝고 별은 드문데, 까막까치가 남으로 나네. 나무를 세 번 감돌았으나, 앉을 만한 가지가 없구나. 산은 높기를 마다하지 않고, 바다는 깊기를 싫어하지 않네. 주공처럼 인재를 대하면, 천하의 인심 돌아오리라."

조조가 노래를 마치자 좌중의 장수들이 화답하며 함께 즐겼다. 별안간 자리에서 한 사람이 일어나며 말한다.

"대군이 서로 맞서고 장수와 군사들이 목숨을 바치려고 하는 시점에 승상께서는 어찌하여 그처럼 불길한 말씀을 하십니까?"

조조가 보니 바로 양주자사楊州刺史인 패국沛國 사람 유복劉馥이었다. 유복은 합비合肥를 자립시켜 주의 치소로 만들고 난리통에 흩어진 백성들을 모아 학교를 세우며 둔전을 넓히는 등 정치와 교화에 힘쓴 인물이었다. 그는 오랫동안 조조를 섬기며 많은 공을 세웠다. 조조가 삭을 가로든 채 묻는다.

"내 말의 어디가 불길하단 말이냐?"

유복이 대답한다.

"'달은 밝고 별은 드문데 까막까치가 남으로 나네. 나무를 세 번 감돌았으나, 앉을 만한 가지가 없구나'라고 하신 부분이 불길한 말씀입니다."

이 말을 들은 조조가 벌컥 화를 낸다.

"네 어찌 감히 나의 흥을 깨뜨리느냐?"

창을 든 조조의 손이 번쩍 올라가더니 유복은 단번에 그 창에 찔려 죽고 말았다. 좌중이 소스라치게 놀랐다. 마침내 잔치도 파했다. 이튿날 술이 깬 조조는 몹시 후회했다. 유복의 아들이 아비의 시신을 수습하여 고향으로 돌아가 장사를 지내게 해 달라고 청하자 조조는 울면서 허락한다.

"내 어제 술김에 너의 아비를 잘못하여 죽였다. 후회스럽기 그지없구나. 삼공의 예를 갖추어 후히 장례를 치르도록 하라."

그러고는 군사들에게 유복의 영구를 호송토록 하고 그날로 고향으로 돌아가 장사를 지내게 했다.

4-3.
제갈공명, 동풍을 부르다

어느 날이었다. 산꼭대기에서 한참 조조의 수군을 살펴보던 주도독^{주유}이 갑자기 뒤로 나자빠졌다. 입으로 선혈을 토하며 정신을 차리지 못했다. 측근들이 급히 그를 막사 안으로 옮겼다. 다들 그가 쓰러진 이유를 알지 못했다.

주도독이 병으로 누웠다는 소식을 듣고 노숙은 울적해져 공명과 함께 병문안을 갔다. 머리 위까지 이불을 뒤집어쓰고 누워 있는 도독을 보고 노숙이 말한다.

"도독, 병세는 어떻소? 약은 쓰셨소이까?"

"가슴과 배가 아프고 수시로 의식이 혼미하오. 구역질이 나서 도무지 약을 삼킬 수가 없소."

옆에서 공명이 주도독에게 묻는다.

"가슴이 꽉 막힌 것처럼 답답하지 않습니까?"

"그렇소."

"그러면 반드시 시원한 약을 써서 풀어야지요."

"이미 약을 써 보았지만 전혀 효과가 없구려."

공명이 말한다.

"그러면 반드시 기를 먼저 다스려야지요. 기만 바로
잡아도 눈 깜짝할 사이에 저절로 나을 겁니다."

필시 자기 뜻을 알고 있으리라 짐작한 주도독은 한마
디를 건네 넌지시 공명을 떠본다.

"기를 바로잡으라니 무슨 약을 쓰면 좋겠소?"

빙그레 웃으며 공명이 대답한다.

"내게 처방이 있소이다."

주도독이 부탁한다.

"선생께서 그 처방을 내게 가르쳐 주시구려."

공명은 종이와 붓을 달라고 하고 주위 사람을 물렸
다. 그러고는 종이에 열여섯 글자를 썼다. '욕파조조
欲破曹公, 의용화공宜用火攻, 만사구비萬事具備, 지흠동풍
只欠東風.' 번역하면 이렇다. '조공을 깨뜨리자면 화공
을 써야 한다. 만사가 이미 구비되었으나 단지 동풍
만이 빠졌구나.' 글을 다 쓴 공명은 종이를 주유에게
건네며 말한다.

"이것이 도독께서 병이 난 원인이지요."

종이에 쓰인 글을 본 주도독은 소스라치게 놀란다.

'사람들이 말하길, 공명은 참으로 뛰어나다 하더니 정말로 귀신같은 사람이로다. 일찌감치 내 마음을 꿰뚫고 있었구나!'

그러하니 이실직고할 수밖에. 주도독은 웃으면서 부탁한다.

"선생께서 이미 내 병의 근원을 알았으니 무슨 약을 써서 고치시려오? 어서 가르쳐 주시오."

공명이 대답하는구나.

"이 제갈량이 비록 재주는 없으나 일찍이 이인異人을 만나 기문둔갑술奇門遁甲術을 배웠기로 바람을 부르고 비를 내리게 할 수 있소. 도독께서 만약 동남풍이 필요하시다면 남병산에 칠성단을 쌓아 주시오. 높이는 9척에 3층으로 짓고, 각 단마다 깃발을 든 병사들을 에워싸게 해주시오. 그러면 내가 그 단에 올라가서 술법을 쓰겠소. 사흘 낮 사흘 밤 동안 세찬 동남풍이 불도록 빌 터이니 도독은 그 틈을 타서 군사를 일으키시오. 어떻소이까?"

주도독이 말한다.

"사흘 낮 사흘 밤은 고사하고 하룻밤이라도 바람이 불어 준다면 대사를 도모할 수 있겠소. 다만 일이 눈앞에 닥쳤으니 늦추어서는 안 될 것이오."

"동짓달 20일 임신일에 바람이 일어 22일 갑술일에

그치게 하면 어떻겠소?"

주도독은 뛸 듯이 기뻐하며 자리에서 벌떡 일어났다. 그러고는 즉시 건장한 군사 5백 명을 남병산으로 파견했다. 그들에게 단을 쌓게 하더니 1백 20명의 병사를 배치하여 깃발을 들고 단을 지키라고 명했다.

공명은 동짓달 20일에 좋은 시각을 잡아 목욕재계하고 도의를 입고 머리를 풀어헤치고 맨발인 채로 칠성단에 올랐다. 천천히 걸어서 단 위로 올라간 그는 방위를 살피고는 자리를 정했다. 향로에 향을 피우고 그릇에 물을 붓고 하늘을 우러러 묵묵히 축원했다.

4-4.
불구덩이로 변한 적벽강

갑자기 바람 소리가 들리며 깃발이 움직이기 시작했다. 깃발 자락이 서북쪽을 향해 나부끼더니 눈 깜짝할 사이에 동남쪽으로 흔들리기 시작했다. 동남풍이었다!

이때 조조는 중군에서 멀리 강 건너를 바라보고 있었다. 중천에 뜬 달빛에 강물은 흡사 수만 마리의 황금 뱀이 물결에 뒤섞여서 노는 듯했다. 조조는 바람을 받고 앉아 껄껄 웃으며 뜻을 이루게 되었다고 생각했다. 이때 병사 하나가 강 남쪽을 가리키며 소리친다.

"저쪽에서 어슴푸레하게 돛단배들이 바람을 타고 오고 있습니다."

조조가 높은 곳에서 보고 있노라니 다시 보고가 쉴 새 없이 들어온다.

"모두 청룡 깃발을 꽂았는데 가운데 큰 깃발에는 '선봉 황개'라고 적혀 있습니다."

조조가 웃으면서 말한다.

"공복黃蓋이로구나. 그가 진정 항복하러 오다니 이는 하늘이 나를 돕는 것이로다!"

배들은 점점 가까워졌다. 이때 배들을 한참 관찰하고 있던 정욱程昱이 조조를 향해 말한다.

"저 배들이 속임수를 쓰고 있는 것 같습니다. 잠시 영채에 다가오지 못하게 하시지요."

"왜 속임수라는 것이오?"

"군량을 실은 배라면 무게 때문에 반드시 무거울 텐데 저기 오는 배들은 수면 위를 날듯이 가뿐히 떠서 오고 있습니다. 더욱이 지금 동남풍까지 세차게 불고 있으니 저들이 속임수를 써서 계책이라도 쓴다면 무엇으로 막겠습니까?"

불현듯 깨달은 조조가 즉시 묻는구나.

"누가 저들을 정지시키겠는가?"

"제가 물에 익숙하니, 제가 가겠습니다."

문빙이 나서 말하고는 작은 배로 뛰어내렸다. 손을 들어 한번 가리키자 순시선들이 그의 배를 따른다. 뱃머리에 우뚝 선 문빙이 큰소리로 외친다.

"승상의 명령이다! 남쪽의 배들은 영채로 가까이 오

지 말고 잠시 강 복판에 머물러라!"

병사들도 일제히 소리친다.

"속히 돛을 내려라!"

그 말이 미처 끝나기도 전이었다. 시위 소리가 나더니 문빙이 왼팔에 화살을 맞고 배 가운데 푹 고꾸라졌다. 이에 배 안이 크게 혼란스러워지며 배들은 제각기 방향을 돌려 달아났다. 남쪽 배들은 조조의 수채에서 겨우 2리쯤 떨어진 곳까지 다가왔다. 황개가 칼을 한번 휘두르자 선두의 배들이 일제히 불을 질렀다. 불은 바람의 위세를 업고 맹렬히 탔다. 바람은 불의 기세를 도왔다. 배는 쏜살같이 내달리고 연기와 불꽃은 하늘로 솟구쳤다. 불구덩이로 변한 20여 척의 배들이 수채 안으로 들어와 박히자 영채 안의 선박들은 일시에 불길에 휩싸였다. 더구나 배들은 쇠고리로 연결되어 있어서 피하려야 피할 길이 없었다. 그때 강 건너에서 포 소리가 울리더니 사방에서 불붙은 배들이 일제히 몰려들었다. 수면 위에는 불기둥이 치솟고 바람은 하늘과 땅을 온통 시뻘겋게 물들였다.

중군에 선 조조는 뒤돌아 언덕 위의 영채를 보았다. 그곳에도 몇 군데 불이 붙어 연기가 치솟았다. 이때 황개는 작은 배로 뛰어내려 연기를 무릅쓰고 불길 속을 돌파하며 조조를 찾았다. 사태가 위급해지자 조조는 작은 거룻배 한 척을 내었다. 장료가 조조를 부축하여 거룻배로 내려왔을 때, 조조가 탔던 큰 배도 이미 불길에 휩싸였다. 장료는 10여 명의 부하들과 함께 조조를 보호하여 나는 듯이 기슭으로 배를 몰았다. 황개는 검붉은 전포를 입은 자가 작은 배로 옮겨타는 광경을 목격하고, 그가 바로 조조임을 직감했다. 황개가 즉시 배를 재촉하여 쏜살같이 나아가면서 날카로운 칼을 들고 목청 높여 소리친다.

"조조 역적은 달아나지 말라! 황개가 여기 있다!"

조조는 겁이 나서 연신 비명을 질러 댔다. 장료가 활에 살을 먹이더니 황개가 좀더 가까이 오기를 기다려 화살을 날렸다. 요란하게 울부짖는 바람 소리와 눈을 찌르는 불빛과 연기 속에서 황개가 어찌 활시위 소리를 들을 수 있겠는가! 어깻죽지에 정통으로 화살을 맞은 황개는 몸을 뒤집으며 물속으로 떨어졌다.

이날 장강은 온통 불구덩이였고, 천지는 온통 함성소리로 진동했다. 왼편에서는 한당韓當과 장흠蔣欽의 부대가 적벽의 서쪽으로부터 쳐들어오고, 오른편에서는 주태周泰와 진무陳武의 두 부대가 적벽의 동쪽으로부터 쇄도했다. 중앙에서는 주유, 정보程普, 서성徐盛, 정봉丁奉이 거느린 선박 부대들이 밀고 들어왔다. 불은 군사에 맞추어 호응하고 군사는 불의 위엄에 의지

하여 움직였다. 이것이 바로 삼강의 수전水戰이요, 적
벽의 격전이라. 조조의 병사들은 창에 찔리고 화살에
맞으며 불에 타고 물에 빠져, 죽은 자가 이루 헤아릴
수 없을 정도였다.

4-5.
촉오 연합군을 피해 도망치는 조조군

"이곳이 어디냐?"

"여기는 오림烏林의 서쪽이고 의도의 북쪽입니다."

조조가 살펴보니 수목은 우거졌고 지형은 험준했다. 잠시 말을 세우더니 조조는 얼굴을 쳐들고 한동안 깔깔 웃어 댔다. 장수들이 묻는다.

"승상, 무슨 까닭으로 그리 크게 웃으십니까?"

"주유가 꾀 없고 제갈량이 지혜 모자란 것이 내 너무나도 우스워 웃는다. 내가 용병을 했더라면 미리 이곳에 군사를 매복시켰을 것이다. 그랬다면 우리가 어떻게 하겠느냐?"

그 말이 미처 끝나기도 전에 양편에서 북소리가 요란하게 울리더니 불빛이 하늘 높이 솟구쳤다. 어찌나 놀랐던지 조조는 하마터면 말에서 떨어질 뻔했다. 한

무리의 병사들이 옆길에서 쏟아져 나왔다. 그 대장인 자가 큰소리로 외친다.

"나는 상산의 조자룡이다. 군사의 장령을 받들고 여기서 한참 동안 너를 기다렸다!"

서황徐晃과 장합張郃에게 조자룡을 대적하라고 명하고, 조조는 연기를 무릅쓰고 불길을 뚫으며 달아났다. 조자룡이 조조의 뒤는 쫓지 않고 깃발을 빼앗는 데만 열중했기에, 덕분에 조조는 그곳을 벗어날 수 있었다.

날은 희미하게 밝아 오는데 검은 구름은 여전히 땅을 덮고 있고 동남풍도 아직 그치지 않았다. 갑자기 동이로 퍼붓듯 소나기가 쏟아졌다. 그 바람에 조조군의 갑옷은 흠뻑 젖고 말았다. 조조는 군사들과 함께 퍼붓는 비를 뚫고 행군했다. 군사들의 얼굴에는 주린 빛이 역력했다. 조조는 군사들을 시켜 마을로 들어가 식량을 약탈하고 불씨를 찾아오게 했다. 막 밥을 지으려고 하는데 뒤쪽에서 한 떼의 군마가 들이닥쳤다. 몹시 당황한 조조. 다행히 허저가 모사들을 보호하며 오는 길이었다.

"샛길 쪽 산기슭에는 몇 군데 연기가 피어오르고 큰길 쪽에는 아무런 동정도 없습니다."

조조는 선두의 군사들에게 화용도華容道 쪽으로 난 샛

길로 가라고 명했다. 그러자 장수들이 묻는다.

"연기가 일어나는 곳에는 반드시 군사가 있을 터인데, 어찌 그 길로 가시렵니까?"

조조가 대답한다.

"병서에 '허하면 실하게 하고, 실하면 허하게 하라'고 하지 않았소? 제갈량은 꾀가 많은 사람이오. 산속 후미진 곳에 일부러 연기를 피워 놓고 우리 군사가 감히 이리로 들어서지 못하게 하고, 자기들은 대로변에 군사를 매복시켜 우리를 기다릴 작정이라오. 내 생각은 이미 정해졌으니 그 계책에 나는 말려들지 않을 것이오!"

장수들이 이구동성으로 칭찬한다.

"승상의 신묘한 헤아림을 어느 누가 따르겠나이까."

조조군은 마침내 화용도로 가는 샛길로 들어섰다. 이때 병사들은 모두 굶주림에 지쳐 쓰러지고 말들도 지쳐 있었다. 화공에 머리를 그을리고 화상을 입은 자들은 지팡이를 짚고 걸으며, 화살에 맞고 창에 찔린 자들은 죽지 못해 억지로 걸을 뿐이었다. 갑옷은 빗물에 흠뻑 젖어 제대로 갖추어진 것이 하나도 없었고, 병장기와 깃발도 제멋대로고 어수선하여 형편이 없었다. 병사들 대부분은 이릉彝陵 길에서 기습받고 도망칠 때 그저 말만 집어타고 온 형편이라 안장이며 고삐며 옷을 내팽개친 상태였다. 때마침 엄동설한이라 군사들의 고생은 이루 말할 수 없을 지경이었다.

노약자와 부상자들은 뒤에서 천천히 걸어오게 하고 건장한 자들은 흙을 나르고 나무를 베며 풀과 갈대를 날라 구덩이를 메우게 했다. 명령을 어기는 자는 목을 치겠다고 하자 군사들은 어쩔 수 없이 말에서 내려 길가의 나무를 찍고 참대를 베어다가 산길을 메웠다. 조조는 뒤에서 적병이 쫓아오지나 않을까, 장료, 허저, 서황에게 1백 기마병을 주어 조금이라도 꾸물거리는 자가 있으면 당장 목을 베라고 명했다. 군사들은 굶주리고 지쳐 푹푹 쓰러지는데 조조는 쓰러진 자를 그대로 밟고 지나가라고 호령했다. 죽은 자의 수는 헤아릴 수 없을 정도였고, 울부짖는 소리는 끊이지 않았다. 조조는 노하여 소리친다.

"죽고 사는 것은 운명이거늘 울기는 왜 운단 말이냐? 다시 우는 자가 있으면 그 자리에서 목을 치겠다!"

전체 군사 중 3분의 1은 뒤에 처지고 3분의 1은 죽은 시체가 되어 구덩이를 메웠다. 나머지 3분의 1만 조조를 따라갔다. 험준한 곳을 지나자 길이 조금 평탄해졌다. 조조가 뒤를 돌아보니 3백여 기만이 따를 뿐인데 그나마 갑옷이나 전포를 제대로 갖추어 입은 자라곤 하나도 없다. 조조가 빨리 가자고 재촉하니 장수들이 사정하는구나.

"말들이 지쳐 걷지 못하오니, 좀 쉬어 가시지요."

조조는 고집을 부린다.

"형주까지 가서 쉬더라도 늦지 않을 것이오."

마구잡이로 다시 길을 가니, 그로부터 몇 리를 못 갔을 때였다. 말 위에 앉은 조조가 갑자기 허공에 채찍을 휘두르며 다시 한바탕 깔깔거리고 웃는다. 놀란 장수들이 묻는다.

"승상, 어째서 또 그리 크게 웃으십니까?"

"사람들은 모두 주유와 제갈량이 지혜가 넘치고 꾀가 많다고들 하지. 하지만 이 사람이 보기에 그들은 다 결국 무능한 자들이구나. 이곳에다 약간의 군사를 매복시켜 놓았다면 우리는 꼼짝도 못하고 결박당했을 게 아니겠느냐?"

4-6.
의기 높은 관운장이 조조를 살려주다

조조의 말이 끝나자마자, 포성이 '쾅!' 하고 울리더니 양편에서 큰칼을 든 군사 5백 명이 나타났다. 길을 막고 선 군사들의 대장군을 보니, 그는 적토마를 타고 청룡언월도를 손에 쥔 관운장이었다. 조조의 군사들은 혼이 달아나고 용기가 꺾여 서로 망연하게 얼굴만 쳐다볼 뿐이었다.

"일이 이 지경에 이르렀으니 죽기로 싸울 수밖에 없지 않겠는가?"

그러나 장수들은 자신이 없었는지, 이렇게 한 마디 던지는구나.

"군사들이 겁내지 않는다 해도 말들의 힘이 이미 다했는데 어떻게 싸우겠습니까?"

정욱이 나서서 조조에게 이렇게 권한다.

"저는 평소 관운장의 사람됨을 잘 알고 있지요. 윗사람에게는 꼿꼿해도 아랫사람은 차마 깔보지 못하고, 강한 자에겐 강하나 약한 자를 능멸하지는 못합니다. 은혜와 원한이 분명하고 신용과 의리를 중히 여기는 자이지요. 승상께서 지난날 베푸신 은혜를 언급하며 직접 사정하시면 이 난국을 벗어날 수 있을 겁니다."

조조는 그의 말에 따라 즉시 말을 달려 앞으로 나가 몸을 약간 굽히며 관운장에게 말한다.

"장군! 헤어진 이래로 무탈하시오?"

관운장 또한 몸을 약간 굽히면서 응답한다.

"관 아무개는 군사의 장령을 받들고 승상을 기다린 지 오래되었소."

용기를 낸 조조가 하는 말이,

"조조가 싸움에 지고 형세가 위태로워 이곳까지 왔지만 이제 더 이상 갈 길이 없구려. 장군께선 지난날의 정을 생각해 보기 바라오."

대꾸하는 관운장.

"지난날 관 아무개가 승상의 두터운 은혜를 입은 적이 있지만 이미 안량을 베고 문추를 죽여 백마의 포위를 풀어 보답해 드렸소이다. 오늘 일은 공적인 일인데 어찌 사사로운 정 때문에 망치겠소."

조조가 말한다.

"다섯 관문을 지나면서 장수들을 벤 일을 아직도 기억하고 계시오? 대장부는 신의를 무겁게 여기지요. 장군은 『춘추』에도 밝으신데 어찌 유공지사庾公之斯가 자탁유자子濯孺子를 쫓던 일을 모르신단 말씀이오?"

관운장은 본래 의리를 산처럼 무겁게 여기는 사람인지라, 당시 조조가 베풀어 준 갖가지 은혜며, 뒷날 다섯 관문을 지나며 여섯 장수를 벤 일을 생각하니 어찌 마음이 움직이지 않겠는가! 더욱이 조조의 군사들의 꾀죄죄한 모습과 금방이라도 눈물을 떨굴 듯한 당황한 모습을 보니 너무나도 가련하여 차마 죽일 수 없었다. 이에 관운장은 말머리를 돌리며 수하의 군사들에게 말한다.

"사방으로 흩어져 벌려 서라."

낭송Q시리즈 남주작
낭송 삼국지

5부
별들의 전쟁(2) :
용호상박

5-1.

토성을 쌓고 땅굴을 파다 : 조조 대 원소

"이제 10만 명의 군사를 배치하여 관도官渡를 지키면서 조조의 영채 앞에 토산을 쌓게 하십시오. 군사들로 하여금 위에서 조조의 영채를 내려다보며 활을 쏘게 한다면, 조조는 이곳을 버리고 갈 것입니다. 우리가 이 요충지를 손에 넣는다면 허창許昌을 깨트릴 수 있습니다."

심배審配의 이 말을 따라 원소는 각 영채에서 건장한 병졸을 선발하여 쇠 삽과 멜대, 광주리를 지고 일제히 조조의 영채 부근으로 몰려가 흙을 쌓아 산을 만들게 했다. 조조의 영채에서는 원소의 군사가 흙을 쌓아 산을 만드는 것을 보고 돌격하려고 했다. 그러나 심배가 배치한 궁노수들이 목구멍같이 중요한 길목을 막고 있어 진격할 방법이 없었다. 열흘도 되지 않아 50개가 넘는 토산이 쌓이고 그 위에 덮개 없는 망루들이 세워졌다. 그러고는 궁노수들을 망루 위에 분산 배치하여 화살을 쏘게 했다. 크게 겁을 집어먹은 조조의 병졸들은 화살을 막는 차전패를 뒤집어쓰고 방어에만 임했다. 토산 위에서 한바탕 날카로운 딱따기 소리가 울리고 나면 화살이 비 오듯 쏟아졌다. 그때마다 조조의 군사들은 방패를 뒤집어 쓴 채 땅바닥에 납작 엎드리곤 했다. 그 꼴을 보고 원소의 군사들은 함성을 지르며 웃어 댔다. 병졸들이 당황해서 허둥거리는 꼴을 본 조조는 모사들을 모아 대책을 물었다. 유엽劉曄이 나서서 말한다.

"발석거發石車를 만들어서 파괴합시다."

조조는 유엽에게 발석거의 설계도를 바치게 하여 밤을 새워 수백 대의 발석거를 만들었다. 그러고는 바로 토산 위의 구름사다리를 마주해서 영채 담 안쪽에다 쭉 늘어 놓았다. 원소 측의 궁노수들이 화살을 날리기 시작하자, 영채 안에서는 일제히 발석거를 잡아 당겼다. 장전한 돌들이 허공으로 날아올라 망루를 쳤다. 원소군은 피하려야 피할 수가 없었으니 궁노수들은 수도 없이 돌에 맞아 죽었다. 원소의 군사들은 그 수레를 '벽력거'霹靂車라 부르며 다시는 감히 높은 곳에 올라가 화살을 쏘지 못했다.

심배가 다시 하나의 계책을 내놓았다. 군사들에게 명하여 쇠 삽으로 몰래 땅굴을 파서 곧장 조조의 영채 안까지 뚫고 들어가는 것이었다. 그 군사들을 '굴자군'掘子軍이라 불렀다. 산 뒤에서 원소군이 땅굴 파는 것을 목격한 병졸이 조조에게 보고했다. 조조가 다시 유엽에게 계책을 물으니, 그가 이렇게 말한다.

"이것은 원소의 군사가 내놓고 공격하지 못하겠으니 몰래 쳐들어오려고 땅굴을 파는 것이옵니다. 땅 밑으로 해서 영채에 들어오려는 것이지요."

조조가 다시 묻는다.

"어떻게 막아야겠소?"

"영채 안쪽을 빙 둘러 긴 참호를 파놓으면 저들의 땅굴은 쓸모가 없게 될 것이옵니다."

조조는 밤을 도와 군사를 차출하여 참호를 파게 했다. 원소의 군사들은 땅굴을 파서 참호 곁까지 이르렀지만 더 이상 들어갈 수 없었다. 공연히 군사력만 허비한 꼴이었다.

5-2.
칼과 활의 대결 : 관우 대 황충

"거기 오는 장수가 혹시 황충黃忠이 아닌가?"
황충이 저 편에서 대꾸한다.
"네가 이미 내 이름을 알면서 어찌 감히 장사長沙의 우리 경계를 범하는가?"
관운장이 소리친다.
"특별히 내 그대의 머리를 가지러 왔노라!"
말을 마치자, 두 필의 말이 서로 싸운다. 어우러져 싸운 지 1백여 합이 지나도 승부가 나지 않았다. 태수 한현韓玄이 황충을 잃을까 두려워 징을 울려 군사를 거둬들인다. 이에 황충은 군사를 이끌고 성으로 들어갔다. 관운장도 퇴군하여 성에서 10리 떨어진 영채로 돌아갔다. 관운장이 속으로 생각키로,
'노장 황충은 명불허전名不虛傳이로구나. 1백여 합을

싸웠는데도 전혀 빈틈이 없구나. 내일은 칼을 끌어서 유인하다 갑자기 되돌아서 찍는 타도계地刀計를 사용해야 이기겠군.'

이튿날 아침을 다 먹고 관운장은 다시 성 아래로 가서 싸움을 걸었다. 황충은 수백 기를 거느리고 조교弔橋를 건너 돌진하여 관운장과 맞붙었다. 다시 5, 60합을 싸웠다. 하지만 승부는 가려지지 않았다. 양편의 군사들은 일제히 소리를 지르며 응원했다. 북소리가 한창 기세를 북돋우듯 급하게 울렸다. 관운장이 갑자기 말머리를 돌리더니 그대로 달아났다. 예상대로 황충은 그의 뒤를 추격했다. 관운장이 바야흐로 타도계를 쓸 찰나, 별안간 뒤에서 '쿵!' 하는 소리가 들렸다. 급히 머리를 돌려 보니 말이 앞발이 접질려 넘어지는 바람에 황충이 공중으로 솟구쳤다가 땅바닥에 떨어지는 모습이 보였다. 말을 급히 돌려세운 관운장은 두 손으로 청룡도를 치켜들며 크게 호통친다.

"내 잠시 너의 목숨을 살려 주겠다! 속히 말을 갈아타고 와서 싸우도록 해라!"

황충은 말을 일으켜 세운 뒤 몸을 날려 말에 올라타더니 성안으로 달려 들어간다. 한현이 황충에게 무슨 일이냐고 묻자 그가 대답한다.

"이 말이 오랫동안 싸움터에 나가질 않아서 이런 실

수를 했습니다."

"그대의 활솜씨는 백발백중인데 어찌하여 활을 쏘지 않았소?"

황충이 대답한다.

"내일 다시 붙을 때 패한 척하고 조교 부근까지 그를 유인하여 활을 쏘겠습니다."

황충은 한현이 하사한 검은 말을 받고 사례하며 물러나오면서 곰곰이 생각한다.

'운장의 의기는 세상에서 참으로 보기 드물지 않은가. 오늘처럼 그가 나를 죽이지 않았는데 내가 어찌 차마 그를 쏜단 말인가? 하지만 쏘지 않으면 군령을 어기게 되니, 이것도 근심이로다.'

황충은 그날 밤 고민하고 주저했다.

이튿날 날이 밝자, 관운장이 성 앞으로 와서 싸움을 건다는 보고를 들은 황충은 군사를 거느리고 성을 나갔다. 이틀 동안 황충과 싸웠지만 이기지 못한 관운장도 몹시 초조하여 무서운 기세로 황충을 쫓았다. 30여 합이 되지 않아 황충은 패한 척하고 달아났는데, 관운장이 그 뒤를 쫓았다. 어제의 일을 생각하면 황충은 차마 관운장을 단번에 쏠 수가 없었다. 황충은 칼을 단단히 차고 빈 활을 당겼다. 시위 소리만 휘익하고 났다. 관운장이 급히 몸을 피했으나 화살은 보이지 않았다. 관운장이 계속해서 쫓자 황충은 또 빈 시위를 당겼다. 관운장이 다시 급히 몸을 비틀어 피했지만 이번에도 화살은 날아오지 않았다. 관운장은 황충의 활솜씨가 능숙하지 못한 줄로만 여기고 마음을 놓고 그 뒤를 쫓았다. 조교 가까이 이르렀을 때였다. 황충은 다리 위에 서더니 시위에 화살을 먹이고 활을 힘껏 당겼다가 놓았다. 피웅! 하는 소리와 함께 화살이 날아가더니 관운장의 투구 정수리에 매단 술의 밑동에 와서 탁 꽂혔다. 앞쪽에 있던 군사들이 일제히 함성을 질렀다. 관운장은 깜짝 놀라, 투구에 화살을 꽂은 채 영채로 돌아갔다. 그제서야 그는 황충이 1백 보 밖에서도 버들잎을 꿰뚫는 활솜씨를 가졌다는 것을 알았다. 오늘 투구 정수리의 술만 맞힌 이유가 어제 그를 죽이지 않은 은혜를 갚기 위해서란 것도 알았다. 관운장은 군사를 거느리고 영채로 물러갔다.

5-3.
흑과 백의 대결 : 장비 대 마초

날이 밝자 가맹관葭萌關 밑에서 북소리가 진동하며 서
량西涼 마초馬超의 군사가 당도했다. 현덕이 관 위에
서 내려다보니 문기門旗 아래에서 마초가 말을 몰고
창을 옆구리에 끼고 나타났다. 마초는 머리에는 사자
투구를 쓰고 허리에는 짐승 무늬를 수놓은 띠를 둘렀
고 은빛 갑옷에 하얀 전포를 입고 있었다. 그 면모가
비범할 뿐만 아니라 인물이 참으로 출중했다. 현덕이
감탄하며 말하기를,

"사람들이 비단 마초[錦馬超]라고 하더니 과연 헛소문
이 아니었구나!"

마초의 도전을 받아 즉시 관을 나가려는 장비를 현덕
은 급히 제지하며 말한다.

"나가서 싸우지 말고 우선 마초의 예기銳氣를 피하도

록 하자."

관 아래에서 마초가 싸움을 걸자 관 위의 장비는 분을 참지 못해 들썩였지만 번번이 유비에게 제지당했다. 오후가 되어 유비가 마초 진영을 바라보니, 군사와 말이 모두 지쳐 있었다. 그제야 현덕은 5백 기병을 장비에게 주고 관 아래로 내려보냈다. 마초는 장비의 군사가 달려 내려오는 것을 보자, 창을 들어 군사들에게 신호하고 화살이 날아오지 못할 정도의 거리로 물러섰다.

관 위의 군사들이 속속 내려오고, 장비는 창을 세우고 앞으로 나가며 외친다.

"연나라 사람 장익덕을 모르겠느냐!"

마초가 대답한다.

"우리 집안은 대대로 명문인데 어찌 촌놈 따위를 알겠느냐!"

발끈한 장비가 말을 몰자, 두 마리 말이 일제히 달려들고 두 창이 서로 부딪친다. 백여 합을 싸웠으나 승부가 나지 않았다. 유비가 바라보며 감탄하길,

"참으로 범 같은 장수로다!"

유비는 장비가 상할까 두려워 급히 징을 울려 군사를 거둬들였다. 장비는 진영으로 돌아가 잠시 말을 쉬게 했다. 장비는 투구를 벗어 버리고 두건 차림으로 말

에 올라타고는 다시 달려 나가 마초에게 싸움을 걸었다. 마초도 즉시 말을 타고 나와 다시 싸웠다. 유비는 혹 장비에게 실수가 있을까 봐 갑옷을 입고 친히 관을 내려와 진영 앞으로 가서 구경한다. 장비와 마초는 또 백여 합을 싸웠으나 둘 다 흡사 갈수록 더 기운이 나는 것만 같았다. 유비가 급히 징을 울리게 하여 군사를 거둬들였다. 두 장군은 각자 자기 진영으로 돌아갔다.

어느덧 해가 저물었다. 현덕은 장비에게 말한다.

"마초는 영특하고 용맹하니 경솔한 상대가 아니다. 오늘은 관에 올라가 쉬고, 내일 다시 싸워라."

하지만 흥분한 장비가 어찌 그만둘 리 있겠는가. 도리어 큰소리로 외친다.

"맹세컨대 마초를 죽이지 못하면 돌아가지 않겠소!"

현덕이 또 말하길,

"오늘은 해가 졌으니 싸울 수가 없어."

"횃불을 더 많이 밝히세요. 그러면 야전夜戰을 할 수 있어요!"

마초 역시 말을 바꿔 타고 다시 관 아래까지 와서 큰소리로 외친다.

"장비야! 감히 야전을 한번 해볼 테냐?"

울컥 성질이 난 장비. 유비에게 말을 청해 바꿔 타고

는 창을 들고 나간다.

"내 너를 사로잡지 못하면 맹세코 관으로 올라가지 않겠다!"

마초도 맞서 고함을 친다.

"내가 너를 이기지 못하면 맹세코 영채로 돌아가지 않으리라!"

양편 군사들이 함성을 지르고 무수한 횃불에 불을 붙이니 밝기가 대낮 같았다. 두 장수는 다시 진 앞으로 나가 치열하게 격전을 벌였다. 20여 합이 지나자 마초가 갑자기 말머리를 돌리며 달아난다! 장비가 외친다.

"어딜 가느냐?"

원래 마초는 아무래도 장비를 이기지 못할 것을 알고 한 가지 꾀를 생각해 냈다. 바로 거짓으로 패한 척하며 달아나 장비를 뒤쫓아오게 하고, 몰래 동추를 꺼내어 휙 몸을 돌려 장비를 치는 전략이었다. 장비도 바보는 아니어서 마초가 달아나는 것을 보고는 마음속으로 방비를 했다. 동추가 날아오자 장비는 번개처럼 몸을 피했다. 다만 동추는 장비의 귓전을 스치고 지나갔다. 장비가 말머리를 돌려 달아나자 이번에는 마초다. 장비는 말을 멈추고 활에 살을 먹이더니 갑자기 몸을 돌리며 마초에게 활을 쏘았다. 마초가 급히 몸을 비켜 화살을 피했다. 이것을 끝으로 둘은 각기 자기 진으로 돌아갔다. 현덕이 몸소 진 앞으로 나서며 마초에게 외친다.

"나는 인의로 사람을 대하고 간사한 계략은 쓰지 않네. 마초, 너는 군사를 거두고 돌아가서 편히 쉬게. 내가 이 틈을 타서 너를 쫓지는 않으리다."

5-4.
성문을 열어 적을 물러가게 하다 :
제갈공명 대 사마의

"모든 깃발을 감추고 군사들은 각자 맡은 성포城舖를 지켜라. 함부로 움직이거나 큰소리로 떠드는 자는 그 자리에서 목을 벨 것이다! 동서남북 네 성문을 활짝 열어젖혀 놓되 각 성문에 스무 명씩 군사들을 백성처럼 꾸미고 물을 뿌리며 거리를 쓸게 하라. 위군魏軍이 오더라도 함부로 움직이지 말라. 나에게 계책이 있느니라."

이에 공명은 학창의를 입고 윤건을 쓰고 두 동자에게 거문고를 들리고는 성루 위로 올라가 적을 기다렸다. 성 난간에 기대어 앉아 향을 피우고 거문고를 탔다.

한편 사마의司馬懿가 보낸 위군의 전방 부대는 성 아래에 이르렀으나 공명의 모습을 보고는 감히 나아가지 못하고 급히 사마의에게 달려가 보고했다. 사마의는 웃기만 할 뿐 믿지 않았다. 그는 삼군三軍을 멈추어 세우고 몸소 말을 달려와 멀찌감치 바라보았다. 과연 공명은 성루 위에 앉아 있었다. 웃는 듯 조용한 모습으로 그는 향을 사르며 거문고를 타고 있었다. 왼쪽에는 보검을 받쳐 든 동자가, 오른쪽에는 불자를 든 동자가 있었다. 성문 안팎에는 이십여 명의 백성들이 머리를 숙이고 청소를 하고 있었다. 그들의 태도가 자못 자연스럽고 태평했다.

사마의는 그걸 바라보다가 덜컥 의심이 나서, 곧바로 중군으로 돌아가 전군과 후군을 바꾸어 북쪽 산길을 향해 퇴각했다. 둘째아들 사마소司馬昭가 묻는다.

"제갈량이 군사가 없어서 일부러 저러고 있는 것이 아닐까요? 아버님께서는 무엇 때문에 군사를 물리십니까?"

사마의가 대답한다.

"제갈량은 평생토록 신중하여 위태로운 짓이라곤 한 적이 없다. 지금 성문을 활짝 열어 놓고 있는 것을 보면, 반드시 복병이 있을 게다. 우리 군사가 만약 들어간다면 분명 그의 계책에 빠질 것이야. 너희들이 그걸 어찌 알겠느냐? 속히 퇴군하라."

이렇게 두 길로 몰려오던 군사들은 모조리 물러갔다. 위군이 멀리 사라지는 것을 보고 공명은 손을 쓰다듬으며 웃었다. 놀라지 않는 관원이 없었다. 이들이 공명에게 물어 말한다.

"사마의는 위나라의 명장입니다. 지금 15만 정예 부대를 거느리고 이곳까지 왔다가, 승상을 보자마자 서둘러 퇴각하니 도대체 무슨 까닭입니까?"

공명이 대답한다.

"이 사람은 내가 평소 매사에 신중하여 위태로운 짓은 하지 않는다는 걸 알고 있소. 지금 이곳의 광경을 보고 복병이 있지 않을까 의심해서 물러간 것이지. 나는 위험한 짓을 하고 싶어서 한 게 아니라 형편이 부득이해서 그리했을 뿐인데 말이오. 이 사람은 필시 군대를 이끌고 북쪽 산의 샛길로 갔을 것이오. 내 이미 관흥關興과 장포張苞에게 명하여 그곳에서 매복하라 일러두었소."

사람들이 모두 놀라며 탄복한다.

"승상의 신묘한 전술은 귀신도 헤아리지 못하리라. 저희들이라면 틀림없이 성을 버리고 달아났을 것입니다."

공명이 대답한다.

"나의 군사라야 겨우 2천 5백 명에 불과하오. 성을 버리고 달아난들 멀리 피하진 못할 것이니, 어찌 사마의에게 사로잡히지 않겠소?"

5-5.
제갈공명과 사마의의 진법 대결

"우리 주상조예께서는 요임금이 순임금에게 선양하신 일을 본받으시고, 이미 2대째 내려오신 황제이시다. 중원을 누르고 앉아 계시면서 너희 서촉과 동오 두 나라를 용납하신 것은 우리 주상께서 너그럽고 인자하시어 백성들이 상하지나 않을까 염려하시기 때문이다. 너는 남양 땅에서 한낱 밭이나 갈던 농부로서 하늘의 운수를 모르고 억지로 중원을 침범하려 드니, 이치로 말하면 반드시 토벌해야 마땅하다! 그런데 만약 마음을 돌려먹고 즉시 돌아가서 각각 서로의 경계를 지켜서 삼국 정립의 형세를 이뤄 백성들을 도탄에 빠트리지 않는다면 너희들의 목숨을 빼앗지는 않겠다!"

사마의의 말에 공명이 웃으면서 대꾸한다.

"나는 선제유비로부터 어린 고아를 부탁[託孤]받았으니 어찌 전심전력으로 역적을 토벌하지 않을 수 있겠는가. 너희 조씨는 오래지 않아 한에게 멸망당할 것이다. 네 할아비는 한나라의 신하로서 대대로 한나라의 국록을 먹었거늘, 그 은혜를 갚을 생각은 아니 하고 도리어 역적을 도우니 어찌 스스로 부끄럽지도 않느냐?"

사마의는 만면에 부끄러운 빛을 띠면서 말한다.

"내 너와 자웅을 겨루겠다! 네가 이긴다면 내 맹세코 대장 노릇을 하지 않겠다! 그러나 네가 패하면 즉시 고향으로 돌아가라. 그러면 너를 해치지는 않겠다."

공명이 묻는다.

"너는 장수로 싸우겠느냐, 병졸로 싸우겠느냐, 아니면 진법으로 겨루고 싶으냐?"

사마의가 대답한다.

"먼저 진법으로 겨루어 보자."

"그럼 먼저 진을 펼쳐 보아라."

사마의는 중군의 군막 아래로 들어가더니 노란 깃발을 들고 휘둘렀다. 좌우의 군사들이 움직이더니 진을 하나 만들었다. 사마의는 다시 말에 올라 진 앞으로 나와서 묻는다.

"네가 내 진을 알겠느냐?"

공명이 웃으면서 대꾸한다.

"우리 군중의 말장도 그런 진법 따위를 칠 수 있느니라. 그것은 바로 '혼원일기진'混元─氣陣이다."

사마의가 소리친다.

"이번엔 네가 진을 펼쳐 나에게 보여라!"

공명이 진으로 들어가 깃털 부채를 한번 흔들어 지휘하고, 다시 진 앞에 나와서 묻는다.

"너는 내 진을 알겠느냐?"

"그까짓 팔괘진八卦陣을 어찌 모르겠느냐?"

"그래, 알긴 아는구나. 허나 네가 감히 내 진을 깨뜨릴 수 있겠느냐?"

사마의가 말한다.

"이미 무슨 진법인지 알았거늘, 내 어찌 그것을 못 깨뜨리겠느냐!"

공명이 말하길,

"그럼 네 마음대로 깨뜨려 보아라."

사마의는 본진으로 돌아가 대릉, 장호, 악침 세 장수를 불러서 이렇게 분부한다.

"공명이 지금 벌인 진에는 휴休, 생生, 상傷, 두杜, 경景, 사死, 경驚, 개開의 여덟 문이 있다. 너희 세 사람은 정동쪽의 생문生門으로 치고 들어가 서남쪽의 휴문으로 무찌르고 나와 다시 정북쪽의 개문으로 쳐들어가라.

이렇게 하면 저 진을 격파할 수 있다. 너희들은 각별히 조심하고 신경 쓰도록 해라!"

이에 대릉이 중간, 장호가 앞쪽, 악침이 뒤쪽에서 각기 30명의 기병을 이끌고 생문으로 치고 들어갔다. 양편 군사들은 일제히 함성을 질러 자기편을 응원했다. 그런데 세 사람이 촉진으로 치고 들어가 보니 진은 흡사 연달아 쌓은 성벽 같아서 아무리 돌격해도 나갈 수가 없었다. 세 사람은 황급히 기병들을 이끌고 진의 모퉁이를 돌아 서남쪽으로 돌격했다. 하지만 촉군이 화살을 쏘며 막는 바람에 뚫고 나갈 수 없었다. 진은 중중첩첩으로 이르는 곳마다 모두 문이 있었으니 어찌 동서남북을 분간할 수 있겠는가? 세 장수는 서로가 서로를 돌볼 겨를도 없이 미친 듯이 날뛰었다. 보이는 것이라곤 근심스런 구름과 자욱한 안개뿐이었다. 함성 소리가 일어나는 곳을 보니 위군은 하나하나 모두 밧줄에 묶여 중군으로 끌려갔다. 공명이 군막에 앉아 있는데 좌우의 부하들이 장호, 대릉, 악침과 함께 90명의 군졸들을 모조리 꽁꽁 묶어 군막 안으로 잡아 왔다.

5-6.
가짜 짐승으로 진짜 맹수를 물리치다

이튿날, 목록木鹿대왕은 자기 동굴洞에서 맹수들을 이끌고 나왔다. 조자룡과 위연魏延이 만병蠻兵이 나온다는 보고를 받자, 군사들을 지휘하여 진영을 이루고 말을 나란히 하고 적진을 바라보았다. 만병들의 깃발이나 무기는 여태껏 보지 못한 색다른 것이었다. 군사들은 대부분 옷이나 갑옷을 입지 않고, 벌거벗은 알몸에다 생김새라곤 추하기 짝이 없었다. 게다가 몸에는 네 자루의 뾰족한 칼을 차고 있었다. 군중에서는 북을 치거나 나팔을 불지 않고, 그저 사금篩金:오늘날의 체 같은 것으로 신호를 삼고 있었다. 목록대왕은 허리에 두 자루 보도를 차고, 자루 달린 작은 종을 들고, 흰 코끼리를 타고는 큰 깃발들 사이에서 나타났다. 조자룡이 위연을 보고 말한다.

"우리가 싸움터에서 한평생을 보냈지만 지금껏 이런 인물은 본 적이 없네그려."

두 사람이 한창 생각에 빠져 있을 때였다. 목록대왕이 입 속으로 무언가 알 수 없는 주문을 외우면서 손에 든 종을 흔들었다. 그러자 별안간 광풍이 크게 일어나며 모래가 날고 돌이 굴렀다. 마치 소낙비가 쏟아지는 것 같았다. 뒤이어 '뿌우!' 하는 뿔소리가 나더니 호랑이, 표범, 승냥이, 이리 따위의 맹수와 독사들이 바람을 타고 나타나더니 아가리를 쫙 벌리고 발톱을 휘두르며 촉군에게 달려들었다. 촉군은 당해 낼 방법이 없어 뒤로 물러섰다. 만병들이 그 뒤를 쫓으며 마구 죽이고, 삼강三江의 경계에 이르러서야 비로소 돌아갔다.

조자룡과 위연은 패잔병을 수습하고 공명의 막사 앞으로 돌아와 벌을 청하고 자신들이 겪은 일을 자세히 보고했다. 공명은 웃으며 말한다.

"그대들 두 사람의 잘못이 아니오. 나는 초가집에서 나오기 전에 이미 남만에 '호랑이나 표범을 부리는 법'이 있다는 것을 알고 있었소. 그래서 촉에 있을 때 이미 이 진을 깨뜨릴 물건을 만들어서, 뒤따라온 수레 이십 대에 봉해서 실어 왔소. 오늘은 우선 그 반을 쓰고 나머지 반은 남겨 두어 훗날 달리 쓸 것이오."

공명은 즉시 좌우의 부하들에게 명하여 붉은 기름칠을 한 궤짝 실은 수레 열 대를 군막으로 끌고 오게 했고, 검은 기름칠을 한 궤짝 실은 수레 열 대는 뒤에다 남겨 두게 했다. 그 뜻을 아는 사람은 아무도 없었다. 공명이 궤짝을 열자 나무로 조각하고 채색을 한 거대한 짐승들이 나왔다. 몸통에는 오색 털실로 만든 옷을 입고 강철로 된 이빨과 발톱을 갖고 있었다. 얼마나 큰지 짐승 하나에 사람 열 명이 탈 수 있었다. 공명은 건장한 군사 1천여 명을 뽑아 나무 짐승 1백 마리를 이끌게 했다. 짐승들의 입에는 연기와 불꽃을 피워 낼 물건을 가득 채워서 군중에 숨겨 두었다.

다음 날 공명은 군사를 거느리고 나아가 동굴 입구에 진영을 벌였다. 만병은 동굴로 들어가 만왕에게 촉군이 왔다고 보고했다. 목록대왕은 스스로 천하무적이라며, 맹획猛獲과 함께 군사들을 이끌고 나왔다. 윤건을 쓰고 도포를 입고 수레에 단정히 앉아 있는 공명을 보고, 맹획이 소리친다.

"수레에 앉아 있는 자가 바로 제갈량이다! 저 자만 잡으면 큰일은 끝난다."

목록대왕이 입 속으로 주문을 외면서 손으로 종을 흔들었다. 삽시간에 광풍이 크게 일어나더니 맹수들이 뛰쳐나왔다. 그때 공명도 깃털 부채를 한 번 흔들자

세차게 불어오던 바람이 금방 방향을 바꾸어 적진을 향해 몰아쳤다. 뒤이어 촉군의 진영에서 가짜 짐승들이 일시에 출동했다. 촉군의 큰 짐승들은 입에서 화염을 토하고 코로는 시커먼 연기를 내뿜고 몸에 달린 구리 방울을 요란스레 울리며 아가리를 크게 벌리고 발톱을 휘두르며 다가갔다. 남만의 진짜 맹수들이 모두 질겁하여 감히 앞으로 나아가지 못하고 되돌아서서 동굴로 달아났다. 이 바람에 많은 만병들이 부딪혀 쓰러졌다. 공명은 대군을 휘몰아 전진했다. 북소리 나팔 소리를 일제히 울리며 달아나는 만병의 뒤를 쫓았다. 목록대왕은 혼전 중에 죽고 말았다. 동굴 안에 있던 맹획의 일가 친척들은 모두 궁궐을 버린 채 산을 타고 고개를 넘어 달아났다.

낭송Q시리즈 남주작
낭송 삼국지

6부
별이 지다

6-1.
조조의 죽음 : 내가 묻힌 곳을 알지 못하게 하라

날이 갈수록 조조의 병세는 심각해졌다. 어느 날 밤에 조조는 홀연히 말 세 마리가 한 구유에서 여물을 먹고 있는 꿈을 꾸었다. 날이 밝자 조조가 가후賈詡에게 묻기를,

"과인이 예전에 말 세 마리가 한 구유에 있는 꿈을 꾸고 마등馬騰 부자가 화禍를 일으키지나 않을까 의심한 적이 있었소. 지금 마등은 이미 죽었는데 간밤에 다시 말 세 마리가 한 구유에서 먹이를 먹고 있는 꿈을 꾸었으니, 이는 무슨 징조인 것 같소?"

가후가 말한다.

"여물을 먹고 있는 말祿馬은 길한 징조입니다. 녹마가 조曹:말구유 '槽'와 같은 음에 돌아왔으니, 대왕께서 무엇을 더 의심하십니까?"

조조는 이 말을 듣고 더 이상 의심하지 않았다. 후세 사람들이 이 일을 읊은 시를 남겨 두었으니,

세 마리 말이 한 구유에서 먹이를 먹는 꿈은 의심할 일이로다,
진晉나라의 뿌리가 이미 심겨졌음을 몰랐구나.
조조는 한갓 간웅의 책략을 가졌으니,
어찌 조정의 사마사司馬師를 알아볼 수 있으랴.

이날 밤 조조가 침실에 누웠는데 삼경三更: 밤 11시에서 새벽 1시이 되자 머리가 어지럽고 눈앞이 깜깜해졌다. 이에 일어나 나지막한 상에 엎드려 있는데, 문득 궁전 내에서 비단을 찢는 날카로운 소리가 들렸다. 조조가 깜짝 놀라 살펴보니 자기가 죽인 복황후伏皇后와 동귀인董貴人, 그리고 복황후가 낳은 두 황자 등 20여 명이 피투성이가 된 채 처연한 구름 속에 서 있는 게 아닌가! 뿐만 아니라 목숨을 돌려 달라는 가냘픈 음성까지 들려왔다. 조조는 급히 검을 뽑아 허공을 향해 휘둘렀다. 그 순간 갑자기 요란한 소리가 울리면서 정전 서남쪽 귀퉁이가 와지끈 무너져 버리자, 놀란 조조가 그만 정신을 잃고 땅바닥에 쓰러졌다. 가까이서 모시던 신하들이 그를 구출하여 별궁으로 모셔서 병

구완을 했다.

다음 날 밤에도 또다시 궁전 밖에서 남녀의 울부짖는 소리가 끊이지 않고 들려왔다. 날이 밝자 조조는 신하들을 불렀다.

"과인은 전쟁터에서 30여 년을 지냈지만, 한 번도 괴이한 일을 믿은 적이 없소. 그런데 요즘은 어찌하여 이렇단 말인가?"

"도사에게 단을 쌓고 액풀이 기도를 올리게 하소서."

조조가 한숨을 쉬고 말한다.

"성인께서 말씀하시되, '하늘에 죄를 지으면 빌 곳이 없다'고 하셨소. 과인의 천명이 이미 다했는데 어찌 구원을 바라리오."

끝내 그는 액풀이용 단을 쌓지 말라 했다.

이튿날, 기氣가 상초上焦로 치밀어 오르면서 조조의 눈에는 아무것도 보이지 않게 되었다. 조조는 급히 상의하려고 하후돈을 불렀다. 하후돈이 문 앞에 도착했을 때, 문득 복황후, 동귀인, 두 황자 등이 어둔 구름 속에 서 있는 것이 보였다. 그가 깜짝 놀라 쓰러지니, 좌우가 부축해서 나갔다. 이때부터 하후돈도 병이 들어 눕게 되었다. 조조는 진홍曹洪, 진군陳群, 가후, 사마의 등을 불러, 뒷일을 부탁했다. 이들은 울며 분부를 받고 물러 나갔다. 조조는 가까이 있는 신하를

시켜 평소 간직해 온 이름난 향을 시첩들에게 나눠
주게 하며 그들에게 유언을 남겼다.

"내가 죽은 뒤에 너희들은 모름지기 여공女工을 부지
런히 익혀야 하리. 비단신만 많이 만들어 팔아도 스
스로 살아갈 돈은 벌 수 있을 것이야."

또한 첩들에게 이르길, 대부분 동작대에 머물면서 날
마다 제사를 지내되 반드시 여자 기생을 시켜 음악을
연주하고 상식上食을 올리라고 일렀다. 조조는 강무
성講武城 밖에 가짜 무덤 72개를 만들되 후세 사람이
자신이 묻힌 곳을 알지 못하도록 하라는 명령을 남겼
다. 그는 후세 사람이 자신의 무덤을 알아 파헤치지
나 않을까 두려워한 것이다.

유언을 마친 조조는 길게 한숨을 내쉬며 눈물을 비
오듯 흘렸다. 잠시 후, 숨이 끊어져 죽으니, 그의 나이
66세요, 때는 건안 25년220년 봄 정월이었다.

6-2.
주유의 죽음 : 주유를 생겨나게 하고
어찌 또 제갈량을 내셨습니까

주유는 가슴에 치밀어 오르는 분노를 누르지 못하여 그만 말 아래로 떨어지고 말았다. 곁에 있던 부하들이 급히 구하여 배로 돌아갔다. 군사들이 전하여 보고하길,

"현덕과 공명이 앞산 정상에서 술을 마시며 즐기고 있습니다."

주유는 크게 노하여 이를 뿌드득 갈며 말한다.

"그들은 내가 서천을 차지하지 못할 줄 알지만, 내 맹세코 서천을 손에 넣고 말리라!"

주유가 분해서 어쩔 줄 모르고 있는데, 지원군이 속속 도착했다. 이에 주유는 군사를 재촉하여 앞으로 나아갔다. 파구에 도착하니 관평이 군사를 거느리고 상류에서 물길을 막았다는 보고가 들어왔다. 주유는

더욱 화가 치솟는데, 공명이 사람을 시켜 편지를 보내왔다. 주유가 받아서 뜯어 보니, 편지의 내용은 이러했다.

한나라 군사 중랑장 제갈량은 동오의 대도독 공근 선생주유 휘하에 글을 올리오. 이 량은 시상柴桑에서 한 번 작별한 뒤로 지금까지 그대를 그리워하며 잊지 못하고 있소. 그대가 서천을 손에 넣으려 한다는 소식을 들었소. 허나 내 생각으론 그건 아니 될 일이오. 익주의 백성은 매우 강하고 땅이 험하니 유장劉璋이 비록 아둔하고 나약하다고 하나 넉넉히 제 힘으로 지켜 낼 수 있소. 이제 군사들을 고생시키며 멀리 정벌을 나가면 만 리 길을 돌아 식량과 말먹이 풀을 운반해야 하니, 온전한 공을 거두려면 비록 오기吳起라도 계획을 세울 수 없고, 손무孫武라도 그 뒤를 좋게 하지 못할 것이오. 조조가 적벽에서 패했으니 어찌 잠시라도 원수 갚을 것을 잊고 있겠소? 이제 그대가 군사를 일으켜 멀리 정벌을 나갔다가 만일 조조가 빈틈을 노려 쳐들어온다면 강남은 하루아침에 가루가 될 것이오. 이 량은 차마 앉아서 그 광경을 보고 있을 수 없어 이렇게 특별히 충고하는 바이니 굽어 살피시면 다행이겠소.

제갈량의 편지를 다 읽고 난 주유는 길게 한숨을 쉬더니 측근들을 불러 종이와 붓을 가져오게 한다. 주유는 오후吳侯: 손권에게 편지를 다 쓴 다음 장수들을 불러 모아 말한다.

"내가 충성을 다해 나라에 보답하고 싶지 않은 것은 아니나, 하늘에서 받은 나의 목숨이 끝났도다. 그대들은 오후를 잘 섬겨 다함께 대업을 성취하라."

말을 마친 주유는 정신을 잃고 까무러쳤다. 서서히 다시 제정신을 차린 주유가 하늘을 우러러 길게 탄식한다.

"주유를 생겨나게 하시고 어찌 또 제갈량을 내셨습니까?"

주유는 연거푸 몇 차례 계속 같은 말을 부르짖더니 마침내 죽었다. 이때 그의 나이 36세였다.

6-3.
관우의 죽음 : 죽음이 있을 뿐,
무슨 말이 필요하겠느냐?

관공은 슬픔과 황망함을 이기지 못하여 마침내 관평에게 뒤를 끊으라고 명령을 하였다. 관공이 스스로 앞으로 가며 길을 열었는데, 이때 그의 뒤를 따르는 자는 고작 열 명에 불과했다. 관공이 결석決石에 이르렀을 때, 길 양편은 모두 산이었다. 산기슭에는 갈대와 시든 풀이 가득했고, 수목이 빽빽하게 우거져 있었다. 바야흐로 때는 오경五更: 새벽 3시에서 5시이 끝나 갈 무렵이었다.

관운장이 한창 달리고 있을 때, 한바탕 고함 소리가 일어나더니 양편에서 매복했던 군사들이 우르르 뛰쳐나왔다. 그들은 긴 갈고리와 올가미를 일제히 던져 관공이 탄 말의 다리를 걸어서 넘어뜨렸다. 그러자 관공은 몸이 뒤집히며 말에서 굴러떨어졌다. 그는 마침내 번장藩璋의 부장인 마충馬忠에게 사로잡히고 말았다. 부친이 사로잡힌 것을 알고 관평이 부리나케 달려왔지만, 뒤에서 그를 추격하는 번장과 그의 군사들에게 도리어 포위를 당했다. 관평은 혼자서 외롭게 싸웠지만 힘이 다하여 사로잡히고 말았다. 날이 밝자, 손권은 관공 부자가 사로잡혔다는 소식을 듣고 크게 기뻐하며 장수들을 군막에 모이도록 했다.

잠시 후 마충이 관공을 사로잡아 손권 앞으로 데리고 왔다. 손권이 관공에게 말한다.

"내가 오랫동안 장군의 높은 덕을 사모하여 진秦나라와 진晉나라처럼 좋은 관계를 맺고자 했거늘, 그대는 어찌하여 거절했는가? 장군은 평소에 스스로 천하무적이라고 자부했는데 오늘은 어찌 나에게 사로잡혔는가? 장군은 오늘 이 손권에게 항복하지 않겠는가?"

관공은 사나운 음성으로 손권을 꾸짖으며 말한다.

"푸른 눈의 애송이, 붉은 수염의 쥐새끼야! 나는 유황숙과 도원에서 의를 맺으면서 한실을 세우기로 맹세하였거늘, 어찌 한나라를 배신한 너 같은 역적들과 한 패가 된단 말이냐? 내가 잘못하여 오늘 간계에 걸렸으니 죽음이 있을 뿐, 무슨 말이 필요하겠느냐?"

손권이 관원들을 돌아보며 묻는다.

"관운장은 당대의 호걸이라, 내가 깊이 아끼고 있소. 지금 예로써 대접하여 귀순하도록 권하고자 싶은데, 그대들의 생각은 어떻소?"

주부主簿 좌함左咸이 대답한다.

"그건 아니 되옵니다. 지난날 조조가 이 사람을 얻었을 때, 높은 벼슬을 내려주고 사흘마다 작은 잔치를 베풀고 닷새마다 큰 연회를 베풀었습니다. 말에 오르면 금을 주고 말에서 내리면 은을 주었습니다. 이처럼 운장을 은혜와 예로 대했으나, 결국엔 그를 붙들지 못했습니다. 조조는 운장이 관문의 장수를 죽이고 가 버렸다는 보고를 받았으며 지금에는 거꾸로 그의 용맹을 무서워하기에 이르렀습니다. 심지어 수도를 옮길 생각까지도 했다고 합니다. 그러니 지금 주공께서는 이미 사로잡았는데도, 만약 그를 없애지 않는다면 뒷날 후환이 될까 두렵습니다."

손권은 깊은 생각에 잠기더니 한참이 지나서야 입을 연다.

"이 말이 옳다."

마침내 밖으로 끌어내어 죽이라고 명령했다. 이리하여 관공 부자는 함께 죽임을 당했다. 때는 건안 24년 219년 겨울 12월이었다. 관공의 나이 58세였다.

관공이 죽은 뒤 그가 탔던 적토마는 마충에게 잡혔다

가 손권에게 바쳐졌다. 손권은 즉시 적토마를 마충에게 하사했지만, 말은 며칠 동안 여물도 먹지 않더니 끝내는 굶어 죽고 말았다.

6-4.
장비의 죽음 : 형의 원수를 갚으려고
서두르다가

선주^{유비}는 공명의 간곡한 간언을 듣고 겨우 마음을 돌렸다. 그런데 홀연히 낭중^{閬中}에서 장비가 왔다는 보고가 들어왔다. 선주가 급히 그를 안으로 데려오라고 분부했다. 장비는 연무청^{演武廳}에 도착하더니 바닥에 엎드려 절을 하고 선주의 다리를 끌어안고 곡을 한다. 선주도 운다. 장비가 말한다.

"폐하는 오늘날 임금이 되시더니 옛 도원의 맹세를 벌써 잊으셨군요! 둘째 형님의 원수를 어째서 갚지 않으십니까?"

"여러 관원들이 간하고 막기에 감히 경솔하게 거병할 수가 없네."

"그들이 어찌 지난날의 맹세를 알겠습니까? 만약 폐하께서 가시지 않겠다면 신이 이 한 몸 다 바쳐서 둘째 형님의 원수를 갚겠소! 원수를 갚지 못하면 차라리 죽을지언정 다시는 폐하를 뵙지 않겠소!"

선주가 말한다.

"짐도 경과 함께 가겠다. 경은 본부의 군사를 거느리고 낭중에서 나오너라. 짐은 정예 군사를 통솔할 것이니 강주江州에서 보자꾸나. 함께 동오를 쳐서 이 원한을 씻자!"

장비가 막 떠나려고 할 때, 선주가 당부한다.

"짐은 평소 경이 술만 마시면 화를 폭발시켜 부하들을 채찍질하고 매 맞은 그들을 다시 곁에 두는 것을 알고 있다. 이는 화를 부르는 일이니라. 이후로는 부하들을 너그럽게 대하도록 노력해라. 예전처럼 굴어서는 안 될 것이야."

장비는 하직 인사를 올리고 돌아갔다.

낭중으로 돌아온 장비는 군중에 명령을 내린다. 그 내용은 3일 내에 흰 깃발과 흰 갑옷을 만들어 준비하고, 삼군은 상복을 입고 오를 정벌한다는 것이었다. 이튿날 막하의 말장인 범강范疆과 장달張達이 들어와서 고한다.

"흰 깃발과 흰 갑옷을 한꺼번에 마련하기가 어렵사옵니다. 기한을 넉넉히 주셔야 가할 줄로 아옵니다."

이 말을 들은 장비가 불같이 화를 내며 말한다.

"내가 원수를 갚고 싶은 급한 마음으로 친다면야, 내 일이라도 당장 역적들이 있는 곳에 달려가지 못하는 것이 한이다. 그런데 너희가 감히 나의 명령을 어기려 드는 것이냐?"

장비는 두 사람을 나무에 묶어 각각 50대씩 등을 채찍질하게 했다. 매질이 끝나자, 손으로 그들을 손가락질하며 호령한다.

"내일까지 모든 준비를 끝내거라! 기한을 어기면 즉각 너희 두 놈을 죽여 본보기로 삼겠다!"

두 사람은 어찌나 지독하게 매질을 당했던지 입 안 가득 피가 흘렀다. 영채로 돌아온 그들은 서로 상의한다. 범강이 말한다.

"오늘은 매질을 당해서 넘어갔지만, 내일까지 어떻게 그 많은 것을 다 장만한단 말인가? 그자는 천성이 불같이 사나우니 만약 내일까지 일을 마치지 못한다면, 자네와 나는 죽고 말 걸세!"

"허면 그가 우리를 죽이기 전에 우리가 그를 죽일세."

"하지만 어떻게 그에게 가까이 간단 말인가?"

"우리 둘이 죽지 않을 운수라면 그는 술에 취해서 자고 있을 것이요, 우리가 죽을 팔자라면 그는 취하지 않았을 테지."

이렇게 두 사람은 상의를 마쳤다.

한편 군막 안에 있던 장비는 정신이 혼란스럽고 거동도 시원스럽지 않았다. 이에 부장에게 묻는다.

"내가 지금 가슴이 울렁거리고 살이 떨려서 앉아도 누워도 진정이 되지 않는구나. 대체 무슨 까닭일까?"

수하 부장이 대답한다.

"이것은 군후께서 관공을 너무 그리워하시어 그런 것입니다."

장비는 술을 가져오라고 시켜서 부장과 함께 마시고는 자신도 모르게 크게 취해서 군막 안 침상에 누웠다. 이 소식을 안 범강과 장달은 초경쯤이 되자, 각자 단도를 숨기고 은밀히 군막 안으로 들어갔다. 중대한 기밀을 아뢰고 싶다고 거짓말로 둘러대며 곧바로 침상 앞까지 다가갔다. 원래 장비는 매번 눈을 감지 않고 잠을 잔다. 그날도 그랬다. 두 사람은 장비가 수염을 뻣뻣히 곧추세우고 눈을 부릅뜨고 있는지라 감히 손을 움직일 수도 없었다. 장비의 코고는 소리가 우레처럼 울리는 것을 듣고서야, 이들은 가까이 다가가서 단도를 장비의 배에 찔러 넣었다. 장비는 크게 외마디 비명을 지르더니 그만 죽어 버렸다. 이때 그의 나이 55세였다.

6-5.
유비의 죽음 ① :
아우님들, 아직 살아 있었던 거요?

영안궁永安宮에 있던 선주는 병이 들어 일어나지 못한 채, 점점 병세가 중해졌다. 장무章武 3년223년 여름 4월에 이르러 선주는 병이 사지까지 침투한 것을 알았다. 게다가 관우와 장비 두 아우를 잊지 못해 통곡하느라 병이 더욱 심해지자, 두 눈은 흐릿해지고 시중드는 자들도 보기 싫을 정도였다. 좌우에서 시중드는 자들을 모두 물리친 그는 홀로 침상에 누워 있는데, 홀연 음산한 바람이 일어나더니 등불이 흔들리고 꺼지더니 다시 밝아졌다. 문득 등불 그림자 아래 두 사람이 시립한 모습이 보였다. 선주가 화를 내면서 말한다.

"짐의 심기가 편치 못하여 잠시 물러나라고 했거늘 무슨 까닭으로 다시 왔느냐?"

꾸짖었는데도 이들은 물러가지 않았다. 선주가 몸을 일으켜 자세히 보니, 하나는 관운장이요 다른 하나는 장비였다. 선주가 깜짝 놀라 외친다.

"두 아우님들, 아직 살아 있었던 거요?"

관운장이 대답한다.

"신들은 사람이 아니라 귀신이옵니다. 상제께서 우리 두 사람이 평생 신의를 잃지 않았다시며 칙명을 내려 저희들을 신령神靈으로 삼으셨사옵니다. 형님이 아우들과 함께 모일 날이 머지않았사옵니다."

선주는 두 사람을 붙들고 목 놓아 통곡한다. 문득 놀라 깨어 보니, 두 아우가 보이지 않았다. 즉시 시종을 불러 물어보니, 때는 3경이었다. 선주가 탄식하길,

"짐이 인간 세상에 머물 날도 머지않았구나!"

선주는 사자를 성도成都로 보내 승상 제갈량과 상서령 이엄李嚴 등에게 밤낮을 가리지 말고 영안궁으로 와서 짐의 유언을 들으라고 전했다. 공명을 비롯한 중신들은 선주의 둘째아들 노왕魯王과 셋째아들 양왕梁王과 함께 백제성으로 황제를 뵈러 왔고, 태자 유선劉禪을 남겨 성도를 지키게 하였다.

영안궁에 당도한 공명은 선주의 병이 위독한 것을 보고 황망히 침상 아래 엎드려 절을 올렸다. 선주는 명령을 내려 공명을 침상 곁에 앉히고 그의 등을 어루

만지며 말한다.

"짐은 승상을 얻은 후로 다행히 제업을 이룰 수 있었소. 지혜와 식견이 얕기에 승상의 말을 듣지 않다가, 이렇게 패전을 자초하고야 말았소. 그 일이 후회되고 한스러운 나머지 병이 들더니 목숨이 아침저녁에 달렸구려. 태자는 나약한지라, 대사를 부득이 승상에게 부탁하지 않을 수 없소."

말을 마친 선주의 얼굴은 온통 눈물범벅이었다. 공명 또한 눈물을 흘리며 흐느껴 운다. 그러면서 말한다.

"바라건대 폐하께서는 용체를 잘 보존하시어 천하의 바람에 부응하여 주소서!"

선주가 눈을 들어 두루 살펴보니 마량馬良의 아우 마속馬謖이 곁에 있다. 선주는 잠시 물러가라고 분부한다. 그들이 나간 뒤에 공명에게 묻는다.

"승상은 마속의 재주를 어떻게 보시오?"

공명이 대답한다.

"저 사람 역시 당대의 영재입니다."

"그렇지 않소. 짐이 보건대 그는 말이 실제 행동보다 지나치오. 그러니 큰 책임을 맡기기에는 좋지 않소. 승상은 마땅히 깊이 살펴야 할 것이오."

분부를 마친 선주는 모든 신하를 불러들이고, 붓을 들어 마지막 조서를 써서 공명에게 건네주고 탄식한다.

"짐은 책을 많이 읽지는 못했으나 거칠게나마 대략의 뜻은 알고 있소. 성인께서 말씀하시길 '새는 죽을 때 그 울음이 슬프고, 사람은 죽을 때 그 말이 착하다'고 했소. 짐은 본시 경들과 함께 역적 조조를 없애고 한나라 황실을 바로세우고자 했는데 이제 불행히도 중도에서 헤어지게 되었구려. 수고스럽지만 승상은 이 조서를 태자 선에게 전하여 항상 명심하도록 이르시오. 무릇 모든 일을 승상에게 맡기오."

6-6.
유비의 죽음 ② :
대사를 승상에게 부탁하오

"짐은 이제 죽노라. 그런데 진정 내 알릴 말이 있소."

공명이 묻는다.

"무슨 성유가 있사옵니까?"

선주가 눈물을 뿌리며 말한다.

"그대의 재주는 조비曹丕보다 열 배나 뛰어나니, 반드시 나라를 안정시키고 끝내 대사를 성취하리라. 만약 짐의 아들을 도울 만하면 돕되 그럴 만한 그릇이 못 된다고 생각되거든 그대가 스스로 성도의 주인이 되시오."

이 말을 다 들은 공명의 온몸에는 땀이 흘렀다. 그는 손발을 어떻게 해야 좋을지 알 수가 없었다. 눈물을 흘리며 땅에 엎드려 절을 하며 공명은 말한다.

"신이 어찌 미천한 힘을 다하여 충정의 절개를 다 바

치지 않겠사옵니까? 죽음으로써 대를 이어 충성을
바칠 것이옵니다."

말을 마치자, 공명은 바닥에 머리를 찧는데, 이마에
서 피가 흘렀다. 선주는 다시 공명을 침상 위에 앉히
고, 아들 노왕과 양왕을 가까이 오라고 부른 뒤 그들
에게 분부한다.

"너희는 짐의 말을 명심하라. 짐이 죽은 뒤에 너희 형
제 세 사람은 아버지를 섬기듯 승상을 모시되, 조금
도 태만해서는 안 될 것이야!"

분부를 마친 선주는 두 왕에게 명령해 공명에게 절을
올리도록 했다. 두 왕이 절을 마치자 공명이 말한다.

"신이 비록 간과 뇌수를 땅에 바를지라도 폐하께서
신을 알아주신 은혜에 어찌 보답할 수 있겠나이까?"

선주가 관원들을 둘러보며 말한다.

"짐은 이미 승상에게 자식들을 부탁했고 자식들에게
도 승상을 부친으로 섬기라고 했소. 경들도 다함께
노력하여 짐의 부탁을 저버리지 마시오."

그리고 또 조자룡에게 부탁한다.

"짐은 경과 환난을 함께 헤쳐 왔는데 뜻밖에도 여기
서 작별을 고하게 되었소. 경은 부디 짐과의 오랜 교
분을 생각해서 아침저녁으로 내 자식을 보살펴 주시
오. 짐의 이 말을 저버리지 마시오."

조자룡은 울면서 절을 하고 말한다.

"신이 어찌 감히 견마지로를 다하지 않겠나이까."

선주는 다시 모든 관원들에게 분부한다.

"짐이 경들 모두에게 일일이 부탁하지는 못하거니와 원컨대 모두 자중자애하시오."

선주는 말을 마치고 숨을 거두었다. 그의 나이는 63세였다. 때는 장무 3년^{223년} 여름 4월 24일이었다. 뒷날 당나라 시인 두보^{杜甫}는 이런 시를 남겼다.

서촉 주인이 동오를 치러 삼협으로 향하더니,
그 해 영안궁에서 세상을 떠났네.
화려한 천자의 깃발을 생각했으나 빈산에서 펄럭이고,
궁전은 텅비고 험한 절간에는 아무것도 없네.
유비 사당의 소나무에는 학이 둥지 틀고,
해마다 제향날이면 촌 노인들이 달려오네.
무후^{제갈공명} 사당 오랫동안 가까이 붙어 있으니,
군신이 한 몸으로 제사도 같이 받네.

선주가 세상을 떠나자 문무 관료들은 모두가 애통해 마지않았다. 공명은 모든 관원들을 거느리고 황제의 관을 모시고 성도로 돌아갔다. 태자 유선이 성 밖까

지 나와 영구를 영접하여 정전에 모셨다. 슬픔으로서 상례를 다 마친 다음, 선주가 임종 시에 남긴 조서를 펴서 읽으니, 유조에는 이렇게 쓰여 있다.

짐이 처음 병을 얻었을 때, 그저 설사병인 줄 알았다. 점차 잡병이 도지더니 위태로워져 고칠 수 없게 되었다. 짐이 듣건대 "사람 나이 쉰이면 요절이라고 칭하지 않는다"고 했거늘, 지금 짐의 나이는 예순이 넘었는지라 죽은들 무슨 여한이 있겠는가. 다만 너희 형제가 마음에 걸릴 따름이다. 힘쓰고 또 힘쓰도록 하라! 악한 일은 아무리 작더라도 저질러서는 안 되고, 아무리 조그만 선이라도 선한 일이거든 행해라. 오직 현명하고 덕이 있는 자가 사람을 복종시킬 수 있느니라. 너의 아비는 덕이 부족하여 족히 본받을 바가 못 되니, 내가 죽은 뒤에 너는 승상과 함께 일하되 승상을 아비처럼 섬기거라. 결코 태만하지 말라! 잊지 말아라! 너희 형제는 훌륭한 이름을 이루도록 더욱 노력하거라. 간절히 부탁하노라! 간절히 부탁하노라.

6-7.
제갈량의 죽음 ① :
죽고 사는 것은 하늘에 달렸구나!

공명은 길게 탄식하다가 그만 기절하고 말았다. 장수들이 급히 부축했으나, 공명은 반 시진이 지난 뒤에야 비로소 깨어났다. 공명이 탄식한다.

"내 마음이 혼란한 걸 보니 옛 병이 도진 모양이다. 아마 살지 못할 것이다!"

그날 밤, 공명은 겨우 일어나 장막을 나섰다. 하늘을 우러러 천문을 살펴보더니, 그는 매우 놀라고 당황하여 장막으로 다시 들어와서 강유姜維에게 말한다.

"내 목숨이 조석朝夕에 달렸구나."

강유가 묻는다.

"승상은 어찌하여 그런 말씀을 하십니까."

"내가 천문을 보니, 삼태성三台星 중에 객성客星의 빛이 몹시 밝고, 주성主星은 희미하고 좌우에서 돕는 별도 희미하구나. 천문이 이러하니 나의 목숨을 알 수 있는 것이다."

"천문이 비록 그렇다고 하나, 승상은 왜 기도를 드려 만회하지 않습니까?"

"내가 원래 기도를 드려 재난을 제거하는 법을 알고 있기는 하지만, 하늘의 뜻이 어떠한지는 모르겠다. 너는 무장한 군사 49명을 거느리고 각각 검은 깃발을 들고 검은 옷을 입고 장막 밖을 에워싸게 하거라. 나는 장막 안에서 북두칠성에 기도를 드릴 테다. 만일 7일 동안 주등主燈이 꺼지지 않으면 나의 생명은 1기紀: 10년를 늘릴 수 있을 것이다. 만약 등불이 꺼진다면 나는 반드시 죽을 것이다. 일 없는 자들은 일절 들여보내지 말라. 필요한 용품들은 두 동자만 시켜서 들여보내도록 해라."

강유가 명령을 지켜 시행하니, 때는 바야흐로 8월 중추였다. 이날 밤 은하수는 반짝이고, 이슬은 뚝뚝 떨어졌다. 깃발도 움직이지 않았고 순찰 도는 딱딱이 소리마저 없었다. 강유는 장막 밖에서 군사 49명을 이끌고 호위하고, 장막 안에서 공명은 향과 꽃으로 제물을 차렸다. 공명은 땅에다 일곱 개의 큰 등을 나열하고 그 바깥에 작은 등 49개를 늘어놓았으며, 그 안에 본명등本命燈 하나를 안치했다. 공명은 절을 하며 축원했다.

축원을 마치자 공명은 꿇어 엎드려 아침이 오기를 기다렸다. 다음 날 공명은 병든 몸을 이끌고 업무를 처리했는데, 끊임없이 피를 토했다. 낮이면 군사 일을 논의하고 밤이면 강罡을 펼치고 두斗 위를 걷는 답강보두踏罡步斗를 하며 기도를 드렸다.

시간이 흘러 공명이 장막 안에서 기도를 올린 지 여섯번째 밤을 맞이했다. 본명등의 불빛이 밝은 것을 보고 공명은 속으로 기뻐했다. 강유가 장막 안으로 들어가니 공명은 마침 머리카락을 풀어헤치고 칼을 집고 답강보두를 하며 장성將星을 누르고 있었다. 이때 느닷없이 영채 밖에서 함성소리가 들려왔다. 강유가 막 사람을 내보내 알아보려는데, 위연魏延이 나는 듯한 걸음으로 뛰어들며 고한다.

"위군이 왔습니다!"

급하게 발걸음을 내딛던 위연은 그만 본명등을 넘어 뜨려 불을 끄고 말았다. 공명이 칼을 내던지고 탄식하며 하는 말이,

"죽고 사는 것은 천명에 달렸다더니 빈다고 되는 일이 아니로구나!"

위연은 너무나 황공하여 땅에 엎드려 벌을 청했다. 머리꼭대기까지 화가 치민 강유가 칼을 뽑아 들어 위

연을 죽이려 한다. 공명이 저지하며 말한다.

"이는 내 목숨이 다한 것이지 위연의 잘못이 아닐세."

이에 강유는 칼을 거두었다. 공명은 몇 차례 피를 토하더니 침상 위에 드러누우며 위연에게 말한다.

"이는 사마의가 나에게 병이 있는 걸 알고 일부러 사람을 시켜 정탐하러 보낸 것이다. 너는 급히 나가 맞서 싸워라."

위연은 명령을 받고 장막을 나가서 말에 올라 군사를 거느리고 영채를 빠져나갔다.

6-8.
제갈량의 죽음 ② :
하늘의 장성이 떨어지다

공명은 표문을 다 쓰자, 다시 양의楊儀에게 부탁한다.

"내 죽은 뒤에 발상發喪을 하지 말라. 큰 감실龕室: 신주를 모시는 집을 하나 만들어 내 시신을 그 안에 앉히고, 쌀 일곱 알을 내 입에 넣고, 발밑에는 밝은 등잔 하나를 밝혀라. 군중은 평상시처럼 조용해야 하며 절대로 슬피 울지 마라. 그러면 장성將星이 떨어지지 않을 것이다. 나의 죽은 넋이 일어나 누를 테니 말이다. 사마의는 장성이 떨어지지 않은 것을 보고 반드시 놀라 의심할 것이다. 우리 군사들은 뒤쪽 영채부터 먼저 보내고, 계속 영채를 하나씩 천천히 퇴각시켜라. 만약 사마의가 추격하면 그대는 진을 펼치고 깃발을 돌려 북을 울려라. 사마의가 당도하기를 기다려 미리 깎아 둔 내 목상木像을 수레 위에 앉히고 군사들에게 명하여 좌우로 나누어 늘어서게 하라. 사마의가 그 모습을 보면 틀림없이 놀라서 달아날 것이다."

양의가 분부 하나하나에 일일이 대답했다.

이날 밤 공명은 부축을 받으면서 밖으로 나가 하늘의 북두성을 살피더니, 멀리 있는 별 하나를 가리키며 말한다.

"저것이 장성이다."

사람들이 쳐다보니 그 별은 희미하게 흔들리는데 금방이라도 떨어질 듯했다. 공명은 검으로 그 별을 가리키며 입으로 주문을 외웠다. 주문이 끝나자, 공명은 급히 장막으로 돌아왔다. 그러고는 정신을 잃었다. 장수들이 당황하여 어쩔 줄 몰라 하는 사이에 상서尙書 이복李福이 다시 왔다. 그는 공명이 혼절하여 말도 할 수 없는 걸 보자, 대성통곡을 하며 말한다.

"내가 국가의 대사를 그르치고 말았어!"

잠시 후 공명은 다시 정신을 차렸다. 눈을 뜨고 주위를 살피던 그는 이복이 침상 곁에 서 있는 것을 보았다. 공명이 말한다.

"나는 그대가 다시 온 뜻을 알고 있소."

이복이 사죄하며 말한다.

"제가 천자의 명을 받들어 승상이 돌아가신 뒤 누구에게 국가 대사를 맡겨도 좋을지 여쭙고자 왔습니다.

그런데 지난번에는 너무나도 다급하여 묻지 못하고 떠났기에 다시 돌아온 것입니다."

공명이 말한다.

"내가 죽은 다음 큰일은 장공염蔣公琰에게 맡기는 게 마땅하오."

이복이 묻는다.

"공염의 뒤는 누가 잇는 게 좋겠습니까?"

"비문위費文偉가 이을 수 있을 게요."

"문위의 뒤는 누가 마땅히 이어야 하겠습니까?"

공명은 대답이 없었다. 장수들이 가까이 다가가 살펴보니, 이미 숨을 거둔 뒤였다. 때는 건흥建興 12년234년 가을 8월 23일이었다. 그의 나이는 54세였다. 후세 당나라 시인 두보가 시를 지어 탄식했다.

장성이 간밤에 진영 앞에 떨어지더니,
선생이 이날 세상을 떠나셨다는 부고로구나.
장막에는 호령하시던 소리 다시 들리지 않으니,
누가 인대麟臺에 다시 혁혁한 공훈을 드러내랴.
문하는 텅 비고 삼천 객만 남겨 놓으니,
가슴속의 십만 군사도 저버렸구나.
녹음이 맑은 한낮은 보기 좋으니,
오늘날에 다시는 노랫소리 들을 길 없네.

당나라 때 시인 백낙천白樂天도 시를 지어 남겼다.

선생은 종적 감추고 산속에 누웠는데,
어진 주인은 세 번이나 흔쾌히 찾아 주셨지.
물고기는 남양에 이르러 비로소 물을 얻었으니,
용이 하늘 밖을 오르니 문득 비가 내리네.
어린 아들 부탁함에 은근한 예를 다하더니,
나라에 보답하되 충의의 마음을 다 기울였네.
전후로 올린 출사표 세상에 남아 전하니,
누구나 한번 읽으면 눈물이 옷깃을 적시리라.